Verlockung des Alphas

Buch 3
Die Wölfe der Twin Moon Ranch

Anna Lowe

Übersetzung aus der englischsprachigen
Originalversion ins Deutsche durch
Michael Krug

Umschlaggestaltung:
Fiona Jayde

Inhaltsverzeichnis

Weitere Titel in dieser Serie

Die Wölfe der Twin Moon Ranch

Verlockung des Jägers (Buch 1)

Verlockung des Wolfes (Buch 2)

Verlockung des Mondes (Buch $2\frac{1}{2}$ – Vier Kurzgeschichten)

Verlockung des Alphas (Buch 3)

Verlockung der Wölfin (Buch 4)

Verlockung des Herzens (Buch 5)

Weihnachtsverlockung (Buch 6)

Verlockung der Rose (Buch 7)

Verlockung des Rebellen (Buch 8)

Verlockende Begierde (Buch 9)

www.annalowe.de

Kapitel 1

Zu fliehen, stellte gar nicht den schwierigsten Teil dar. Der bestand darin zu wissen, wann man anhalten sollte. Wie weit war weit genug? Und wie schnell?

Heather wusste es nicht. Sie wollte nur weg. Mit geröteten Augen und trübem Blick fuhr sie, bis die dichten Wälder und Hügel des Ostens der endlosen Landschaft im Westen wichen. Ihr einziger Plan bestand darin, der Bestie zu entkommen, die nach ihrem Blut gierte.

Beinah wäre sie vollends durch diese karge Landschaft gerast, die nur einen Klecks auf einer Landkarte bildete, auf die zu schauen sie längst aufgegeben hatte. Aber von Kilometer zu Kilometer ließ der panische Drang zur Flucht nach und wurde von einem wohligen Gefühl der Sicherheit ersetzt, als hätte sie das Wasser unter der Dusche von eiskalt auf angenehm warm geregelt. Sie ließ ihren staubigen orangefarbenen VW am Straßenrand ausrollen, stieg aus, drehte sich langsam im Kreis und betrachtete die Umgebung. Was hatte es mit diesem Ort auf sich, der nach ihr rief?

Die Sonne ging imposant über der hochgelegenen Wüste auf und zeichnete den Horizont in rasiermesserscharfe Kontraste. Tief über den Hügeln hing die Sichel des Monds und warf einen blassrosa Schein auf das Unterholz. Überall duftete es nach Salbei und Kiefern, Palmlilien und Butterblumen. Die Erhabenheit der Umgebung erzählte im Wind flüsternd von Zeit, von einer Ewigkeit.

Hier. Das war der Ort. Mit geschlossenen Augen spürte sie umso deutlicher, wie richtig er sich anfühlte. Dieser Ort sollte ihr Zuhause werden.

Ein Falke kreiste über ihr und zerriss mit einem durchdringenden Schrei die Stille. Heather blinzelte und kehrte abrupt in die Gegenwart zurück. Moment – es gab kein Zuhause. Nur Flucht. Aber vorerst würde der Ort reichen müssen. Es brachte nichts, weiter blindlings zu fliehen. Sie musste erst alles durchdenken und einen Plan schmieden.

Heather holte tief Luft und zog Bilanz. Ihr Bargeld wurde allmählich knapp, und sie scheute sich, eine Karte zu benutzen, weil man das zurückverfolgen konnte, richtig? Und der Mann, der sie angegriffen hatte – oder eher das Monster, das sie angegriffen hatte –, war zu allem fähig.

Heather fuhr sich mit den Händen über die Arme und versuchte, einen Schauder zu unterdrücken. Sie brauchte einen Plan, und zwar bald.

Nein, sie brauchte *sofort* einen Plan. Aber welchen?

Arbeit. Ein sicherer Ort. Das hatte Priorität. Sie musste sich einen Job suchen und irgendwo möglichst fernab ausgetretener Pfade untertauchen.

An einem Ort wie diesem.

Sie ließ den Blick über das offene, nicht eingezäunte, scheinbar herrenlose Buschland wandern. Wie sollte sie je in der Wüste eine Stelle als Lehrerin finden? Sie hatte nie etwas anderes gemacht oder gewollt, als zu unterrichten.

Aber hier ging es nicht darum, was sie wollte. Hier ging es ums nackte Überleben. Sie konnte auch kellnern, Böden schrubben, was immer nötig wäre.

Nach einem weiteren Blick durch die Umgebung fällte sie eine Entscheidung. Zumindest fand sie den Ort passend. Offen, endlos, brutal ehrlich. An den Rändern mochte vielleicht der Tod lauern, aber hier konnte er sich wenigstens nicht an sie anschleichen.

Nach ihrer ersten entschlossenen Handlung seit ihrer Flucht aus Pittsburgh setzte sie sich wieder ins Auto, griff an den leeren Kaffeebechern im Fußraum auf der Beifahrerseite vorbei und kramte die Karte hervor, auf die sie seit Texas keinen Blick mehr geworfen hatte. Wo genau befand sie sich eigentlich? Irgendwo in Arizona – so viel wusste sie. Aber wo?

Sie betrachtete die Landschaft, schaute auf die Karte und wieder auf. Vor ein paar Kilometern hatte sie eine Ortschaft passiert, die ihr ein geeigneter Ausgangspunkt zu sein schien. Sie startete den Motor und wendete das Auto. Nach dreißig Kilometern erreichte sie ein winziges, namenloses Kaff am Rand einer etwas größeren, genauso namenlosen Ortschaft.

Heather checkte in einem Motel ein, das sich als unwesentlich weniger staubig als ihr Auto entpuppte, schlief sechsunddreißig Stunden durch und riss sich anschließend zusammen, einen ausgefransten Nervenstrang nach dem anderen. Eine freundliche Kellnerin in einem Diner stellte ihr ein Telefonbuch zur Verfügung und nannte ihr als Ausgangspunkt ein paar Namen. Es bedurfte zwar Dutzender Anrufe, aber innerhalb von wenigen Tagen fand sie einen winzigen Bungalow am Ortsrand, den sie mieten konnte, und einen Job – sogar als Lehrerin. In einer Zwergschule einer abgelegenen Ranch war kurzfristig eine Stelle frei geworden. Beim Vorstellungsgespräch zählte Heather ihre Qualifikationen auf, bevor sie versuchte, den Grund für die Kündigung ihres Jobs in Pennsylvania so schnell wie möglich abzuhandeln.

„Ein Stalker.“ Das kam der Wahrheit so nah, wie sie es laut auszusprechen wagte.

Und es genügte – sie bekam den Job.

„Ist aber nur für zwei Monate“, erklärte Lana, die Frau von der Ranch. „Bis unsere feste Lehrerin vom Sonderurlaub wegen einer dringlichen Familienangelegenheit zurückkommt.“

„Zwei Monate sind perfekt.“ Heather würde verschnaufen, ein wenig Geld verdienen und dann weiterziehen. Denn früher oder später würde die Bestie auftauchen, von der sie gejagt wurde. Davon war sie überzeugt.

Kapitel 2

Das Schulhaus erwies sich als schiefes altes Lehmgebäude mit reichlich Charme, wenn auch etwas heruntergekommen. Und den Job konnte man mit einem temperamentvollen Wildpferd vergleichen, fest entschlossen, sie abzuwerfen. Aber Heather war genauso entschlossen, sich diesen kleinen Brocken geistiger Gesundheit in ihrer Reichweite zu bewahren. Obwohl es die Herausforderung ihres Lebens als Lehrerin wurde. Elf Schülerinnen und Schüler verschiedenster Altersklassen – von Leseanfängern bis hin zu rüpelhaften Fünftklässlern. Es dauerte zwei holprige Wochen, bis sie jenen Mustang endlich so weit hatte, ihr die Zügel zu überlassen, aber sie schaffte es. Sie fand in sich Geduld, von der sie gar nichts gewusst hatte, verbrachte Stunden damit, den Unterricht vorzubereiten, und fiel jeden Abend erschöpft ins Bett. Aber sie schaffte es.

Als sich die Kinder an die neue Routine gewöhnt hatten, wurde alles einfacher. Die Vormittage verliefen ruhiger, die Nachmittage reibungsloser. Im Augenblick saßen die Kinder paarweise an ihren Lernstationen und arbeiteten leise, während Heather mit zwei Drittklässlern das Schreiben von Aufsätzen durchnahm.

Ein schriller Schrei lenkte ihre Aufmerksamkeit in den hinteren Bereich des Schulgebäudes. Etwas fegte über ihren Kopf und streifte ihr Haar. Becky kreischte. Timmy zeigte mit dem Finger. Lärm brach aus, als die anderen Kinder mit hohen, von den Wänden widerhallenden Rufen mit einstimmten.

„Eine Fledermaus! Eine Fledermaus!"

Das Tier drehte eine weitere Runde, und Heather fuchtelte durch die Luft über ihrem Kopf.

„Miss Luth! Miss Luth! Eine Fledermaus!"

Sie verfolgte das schwarze, glänzende Geschöpf, bis es sich auf einem hohen Regal niederließ. Eine winzige rosa Zunge schnellte hervor und kostete die Luft. Heather hätte schwören können, dass die Knopfaugen sie musterten. Irgendetwas an der Fledermaus wirkte... bösartig. Sie unterdrückte ein Schaudern und zwang sich, zu handeln.

„Timmy, hol mir ein Handtuch!"

Ausnahmsweise tat Timmy, was man ihm sagte. Heather näherte sich der Fledermaus mit dem Handtuch. Die Kinder feuerten sie an.

„Schnappen Sie sie, Miss Luth! Schnappen Sie sie!"

„Seien Sie vorsichtig, Miss Luth!"

Heather sagte sich, dass es nur eine Fledermaus war – eine kleine Fledermaus – und stürmte dem Tier entgegen. Aber die Fledermaus hatte bereits abgehoben und flitzte durch das Klassenzimmer. Der Geräuschpegel erreichte einen neuen Höchststand, wie eine Boxarena beim ersten Anblick von Blut.

„Alles in Ordnung?" Eine vollkommen unbekümmerte Stimme ertönte von der Tür.

Sie fühlte sich beruhigend an wie das Rauschen von Wellen an einem weichen, sandigen Strand. Die Stimme wärmte Heathers Brust, noch bevor sie sich umdrehte und den Neuankömmling erblickte.

„Cody! Cody!", riefen die Kinder.

Heather spürte ein Flattern im Magen. Er war es. Der eine Mann, der ihr auf der Ranch aufgefallen war. Der, den sie nicht übersehen konnte.

Die Ranch schien generell eine Brutstätte für umwerfende Männer zu sein, aber dieses Exemplar spielte in einer eigenen Liga. Schlank, blond, entspannt. Die meisten anderen fielen in die Kategorie der starken, aber stillen und bodenständigen Typen. Dieser Mann hingegen gehörte eher auf ein Surfbrett, auf dem er sich Salzwasser aus den Augen wischen würde. Er schien es in keiner Weise eilig zu haben, als wäre dieser Tag nur ein weiterer großartiger von vielen.

Die Kinder steigerten sich in neue Aufregung hinein und zeigten auf die Fledermaus hoch oben auf einem anderen Regal.

„Cody! Eine Fledermaus! Eine Fledermaus!"

Timmy hüpfte auf seinem Tisch auf und ab, die panische Becky warf sich dem Mann in die Arme. Er hob sie hoch und tätschelte ihr den Rücken, während Timmy brüllte: „Ich hab sie zuerst gesehen! Ich hab sie zuerst gesehen!“

„Timmy, setz dich hin!“ Heather bedachte ihn mit ihrem besten Blick einer strengen Lehrerin.

Cody flüsterte Becky etwas zu und zauberte damit ein Lächeln in ihr Gesicht. Dann zeigte er mit schelmisch funkelnden Augen auf Timmy. „Kenne ich dich?“

Diese Stimme hätte tausend weinende Babys zu beruhigen vermocht. Heather hätte sich am liebsten darin eingehüllt wie in eine Decke.

„Cody! Ich bin’s, Timmy!“

Er sah erst den Jungen an, dann direkt in Heathers Augen, und ihr Herz setzte einen Schlag aus. „Ich schwöre, ich kenne das Kind nicht.“

„Cody!“, protestierte Timmy.

Der Mann zerzauste Timmys Haar und setzte Becky zurück an ihren Platz. Dann trat er auf Heather zu, und sein Blick galt ausschließlich ihren Augen. Sie hielt den Atem an. So nah war er ihr noch nie gewesen. Tatsächlich hatte er ihr bisher immer nur aus der Ferne freundlich zum Gruß zugewunken. Sie musste sich jedes Mal zwingen, sich zu entfernen. Denn sie konnte kaum dem Drang widerstehen, anzuhalten und mit ihm zu reden... ihn anzusehen, ihm näher zu kommen... ihn vielleicht sogar zu berühren.

Nun befand er sich nur Zentimeter entfernt. Groß und breit, aber von beidem nicht zu viel. Die Kerbe in einem Ohr war die einzige Unvollkommenheit, die Heather an ihm entdeckte. Sie schnappte seinen Geruch auf, und er erinnerte sie an eine Meeresbrise auf Besuch in der Wüste.

Heather versetzte sich innerlich einen Klaps. Nein, nein, nein! Männern konnte man nicht trauen. Nie wieder.

Nicht mal diesem? meldete sich eine leise Stimme in ihr zu Wort.

Ganz besonders nicht diesem! ertönte die scharfe Antwort.

„Cody, schnapp dir die Fledermaus!“, drängten die Kinder. „Schnapp sie dir! Schnapp sie dir!“ Wieder brach ein Wirbel aus.

Eine zweite Stimme dröhnte durch die Tür herein, diesmal tief und rau wie Schotter. „Was zum Teufel ist hier los?“

Ohne nachzudenken, wirbelte Heather herum, stemmte die Hände in die Hüften und platzte eine Antwort heraus. „Ausdrucksweise! Wir sind hier in einer Schule!“

Einen Moment lang fühlte sie sich wie früher, hatte die Kontrolle nicht nur über die Schüler, sondern auch über sich selbst. Die Heather aus der Zeit vor dem Albtraum.

Als der zweite Mann eintrat, stieg der Luftdruck im Raum an, als würde sich ein Gewitter durch die Türöffnung zwängen. Trappelnde Füße pochten über die Holzdielen, als die Kinder zurück zu ihren Plätzen eilten und strammstanden. Heather hätte schwören können, dass alle den Atem anhielten... sogar die Fledermaus.

Die stechenden Augen des Mannes leuchteten vor Zorn. Heather schwankte und wich einen Schritt zurück. Sie wäre vielleicht vor Scham auf dem Boden zerflossen, hätte sich Cody nicht praktisch knurrend vor sie gestellt.

Heathers Schultern sackten herab. Oh Gott, der Neuankömmling war der Chef der Ranch. Sie würde ihren Job verlieren. Sie würde rausfliegen. Sie würde...

„Beachte meinen Bruder gar nicht“, sagte Cody leise.

Dieser magische Tenor vermittelte ihr Wärme und Geborgenheit. Heather schaute von Cody zu dem anderen Mann. Tyler, so hieß er. Waren sie wirklich Brüder? Der eine glich einer Gewitterwolke, der andere reinem Sonnenschein. Gegensätzlicher hätten sie kaum sein können.

Tyler riss ihr das Handtuch aus den Händen und trat auf die Fledermaus zu. Er musste sie mit seinem Laserblick fixiert haben, denn sie unterwarf sich, ohne auch nur einen Flügel zu heben. Als Tyler sie ergriff, mit ihr nach draußen verschwand und sich mit schnellen Schritten den gepflasterten Weg entlang entfernte, atmeten alle im Raum auf.

Heather lehnte sich an die Wand, fühlte sich plötzlich ausgelaugt. „Fünf Minuten Pause, Kinder.“

Ihre Schüler brachen in freudige Rufe aus und rannten hinaus auf den Spielplatz. Heather und Cody blieben allein zurück.

„Weißt du, mein Bruder hat einen weichen Kern.“ Cody grinste. „So ungefähr jedes zweite Jahr zeigt er sich sogar mal.“

Wirklich völlig gegensätzlich die beiden. Diesen Bruder würde sie sofort nehmen und anbeten wie die Sonne.

Seine Augen begutachteten die Tafel und lasen die Worte. „Mein Traumhaus?“

Er grinste wie Huckleberry Finn, nur erwachsen. Sehr erwachsen.

Heather hätte alles darauf gewettet, dass er als Kind wie Timmy war. Süß, energiegeladen, spitzbübisch. Und jetzt süß, männlich und spitzbübisch. Wenn sie sich doch nur wie Becky an dieser Brust verstecken könnte.

Heather räusperte sich. „Geometrie. Sie sollen Formen in dem Haus finden und dann ihr eigenes Traumhaus zeichnen.“

„Und das hier ist deines?“ Er deutete mit dem Kopf auf die Tafel.

Die U-förmige Ranch, von der sie seit Jahren fantasierte? Sie zuckte mit den Schultern. „Ne. Nur ein Beispiel.“

Er schmunzelte. „Verstehe.“

Gott, dieses Lächeln konnte sie alles vergessen lassen. Zum Beispiel die Tatsache, dass sie Männern abgeschworen hatte. Oder die, dass sie elf umhertollende Kinder zu beaufsichtigen hatte, statt herumzustehen und zu spüren, wie sich eine Gänsehaut über ihren Körper ausbreitete.

Oder die, dass der letzte Mann, den sie so nah an sich herangelassen hatte, sie beinah umgebracht hätte.

Aber bei diesen funkelnden blauen Augen, die liebevoll in ihre blickten, konnte sie all das glatt vergessen.

„Cody!“ Tyler knurrte von draußen und brach damit den Zauber, der mit dem Wind hereingeweht sein musste.

„Ich muss los.“ Cody seufzte. Einige lange, betrübte Augenblicke stand er da und sah Heather an wie ein Kind, das den Eiswagen wegfahren sieht, bevor es eine Kugel bekommen hat. „Ich muss los“, wiederholte er im Flüsterton. Diesmal klang es an ihn selbst gerichtet.

Und als er gegangen war, fühlte sich der Raum leerer als je zuvor an.

Kapitel 3

Ein Kolibri flog vorbei. Cody folgte seinem Ruf und beeilte sich, zu seinem Bruder aufzuschließen. Gleichzeitig versuchte er, die in seinem Kopf tänzelnden Visionen nicht nach außen dringen zu lassen. Wenn Tyler ihn bei solchen Gedanken erwischte...

Aber die Visionen hielten sich beharrlich. Visionen von einer gertenschlanken Frau mit champagnerfarbenem, zu einem Dutt zusammengedrehtem Haar. Er träumte davon, den Dutt zu lösen und herauszufinden, wie lang und seidig ihre Lockenpracht war. Ihre Augen glichen dem Grün eines Walds in den Appalachen und wirkten genauso geheimnisvoll. Und sie war groß. Er müsste nur leicht das Kinn neigen, um sie zu küssen, die Frau, die seinem Bruder die Stirn geboten hatte wie eine Amazone, die ihr Revier verteidigt. Gestrauchelt war sie erst, als irgendeine Erinnerung sie überwältigt hatte. Cody fragte sich, was es gewesen sein mochte und welche Kraft diese Menschenfrau in seinen Teil des Kontinents gelenkt hatte.

Schicksal, ertönte ein leises Murmeln, ein Flüstern im Wind.

So leise es sein mochte, es hallte trotzdem in Codys Seele wider. Sein Herz pochte so wild, als wäre er gerade auf der Suche nach seiner Gefährtin durch die Wüste gerannt.

Warum kam ihm ausgerechnet dieses Bild in den Sinn? So war es seinem Bruder ergangen, dem verkappten Romantiker, der jahrelang auf eine winzige Andeutung von Lana gewartet hatte, seine vom Schicksal für ihn auserkorene Gefährtin. Wer je am Schicksal zweifelte, brauchte nur einen Blick auf die beiden zu werfen und hatte den Beweis vor sich.

Nur Cody... Nun ja, er war nicht Tyler. In den seltenen Fällen, wenn das Schicksal auf der Ranch an Türen klopfte, zog es immer direkt an seiner vorbei. Andere mochten behaupten, einen Ruf gehört zu haben, aber Cody? Nichts. Nada. Schweigen im Walde.

Nun, auch darin lag eine Botschaft. Nämlich die, dass dem zweiten Sohn des herrschenden Alphas nicht viel vorherbestimmt war. Oder er war seines Schicksals eigener Herr und konnte selbst über seinen Kurs im Leben entscheiden. Cody wusste nicht recht, welche Möglichkeit ihn mehr beunruhigte.

Er wusste nur, dass diese Fremde ihn ihm etwas angesprochen hatte wie noch keine Frau zuvor. Sie ging ihm nicht aus dem Kopf. Schon bevor er Heather gesehen hatte, wurde er von ihrer Anwesenheit zu dem Schulhaus gelockt, das er normalerweise mied. Der Ort zog ihn dermaßen an, dass er beinah wünschte, er könnte seinen alten Platz im hinteren Teil zurückhaben und am Unterricht teilnehmen. Verdammt, für sie würde er sogar ganz vorn sitzen, bei jeder Frage aufzeigen und rufen: *Ich! Ich! Ich!*

Aus ihm unerklärlichen Gründen jedoch hatte er sich vor einer Begegnung von Angesicht zu Angesicht gedrückt – bis jetzt.

Heather glich keiner Lehrerin, die er je kennengelernt hatte. Ihre Beine gehörten auf einen Laufsteg – nein, doch nicht, entschied er, dafür sahen sie zu athletisch aus. Eher auf ein Volleyballfeld. Ein Grün wie das ihrer Augen hatte er in der Wüste noch nie gesehen. Und die definierten Arme, die sich aus dem ärmellosen Sommerkleid erstreckten, tja, sie gehörten um ihn gelegt. Er schnupperte lang und intensiv, genoss ihren Duft wie den der letzten Blüte der Jahrhundertpflanze. Nur, dass den von Heather ein leichter Hauch von Erdbeere begleitete. Und wieder tat er es: Er schnupperte.

Mein! brummte sein Wolf.

Was ihm Angst einjagte. Sein Wolf hatte noch nie Anspruch auf eine Frau erhoben. Normalerweise kostete das Tier alles, was ihm angeboten wurde, und zog dann schnell weiter. Es bevorzugte Quantität gegenüber Qualität, wenn es um das andere Geschlecht ging. In den letzten zwei Wochen jedoch hatte sein Wolf plötzlich eine Meinung entwickelt, und die drehte sich ganz um Heather.

Nur um sie.

Ständig.

Mein!

Aber was zum Teufel wusste ein Wolf schon?

Cody war nicht dazu bestimmt, sesshaft zu werden. Er empfing keinen Ruf des Schicksals. Und ganz sicher verdiente er keine Frau wie sie. So temperamentvoll. So bodenständig. So… frisch. Aber nur, weil er sich in Heather verguckt hatte und Tag und Nacht an sie dachte, musste er noch lange nicht verliebt in sie sein. Oh nein.

Der Wind verhöhnte ihn auf dem gesamten Weg über die Ranch.

Tyler, der Glückspilz, hatte keine solchen Sorgen. Der Mann war glücklich gepaart und Vater einer achtzehn Monate alten Tochter, die er abgöttisch liebte. Tyler brauchte sich keine Gedanken mehr darüber zu machen, sein Schicksal zu finden. Es hatte ihn bereits gefunden.

Im Augenblick konzentrierte sich Tyler auf die Fledermaus und klappte das Handtuch auf, um sie genauer unter die Lupe zu nehmen. Auch Cody lehnte sich näher hin. Sie wussten beide, dass es Fledermäuse gab und... nun, man konnte sie böse Fledermäuse nennen. Auch wenn man Letztere seit Jahrzehnten nicht mehr in Arizona gesichtet hatte. Cody betrachtete die Augen der Kreatur, die bebende Zunge. In der großen Hand seines Bruders sah das Tier unheimlich zerbrechlich aus, zugleich jedoch irgendwie bedrohlich.

„Ein Kundschafter?“ Cody sprach mit leiser Stimme. Warum, das wusste er nicht so genau. Sie befanden sich mittlerweile weit genug vom Schulhaus entfernt, und Heather hatte ohnehin die Musik angemacht.

Schon seit ihrer Ankunft tanzte sie durch einen seiner Sinne nach dem anderen. Begonnen hatte es mit Musik – die Töne hatten ihn bereits am ersten Tag in ihren Bann gezogen. Er hatte gelauscht, wie sie den Kindern die Regeln erklärt hatte: Während ihrer individuellen Aufgaben mussten sie sich so leise verhalten, dass alle die Musik hören konnten. Ein guter Trick. Sie spielte Klassik, die sich niemand auf der Ranch anhörte. Beethoven. Oder vielleicht Mozart? Was auch immer es sein mochte, es war süß und beruhigend, genau wie ihr Anblick.

Cody kam manchmal vorbei, um zuzuhören und sich an dem Wissen zu erfreuen, dass sie sich in der Nähe aufhielt.

Zu dem Zeitpunkt hatte es sich erst auf den Geruch und dann auf den Anblick beschränkt. Mittlerweile juckte es ihn in den Fingern, sie zu berühren, ihr seidiges Haar und ihre glatte Haut zu spüren.

Tyler legte den Kopf erst nach links schief, dann nach rechts. Immer noch begutachtete er die Fledermaus. „Schwer zu sagen."

Sie hatten schon ewig keine Vampire mehr in der Gegend der Ranch gehabt. Zumindest nicht der Art, die Ärger verursachte. Aber alte Ängste saßen tief. Tyler wickelte die Fledermaus wieder ins Handtuch und achtete darauf, sie nicht zu zerdrücken. Noch nicht.

„Dad wollte uns sehen. Wir zeigen sie ihm."

Mist. Dabei hatte der Tag für Cody so gut angefangen. Er hatte endlich eine Ausrede gefunden, um mit Heather zu reden und sie sogar zum Lächeln gebracht. Nun würde mit Sicherheit gleich alles zum Teufel gehen.

Kommst du, oder was? drang Tylers Stimme in seinen Kopf.

Geschwister und Rudelmitglieder hatten eine enge Bindung, die diese Form der Verständigung ermöglichte. Manche Stimmen hörte man schwächer als andere. Die von Tyler jedoch dröhnte immer laut und deutlich.

Ich komme ja schon, ich komme. Cody ließ die Füße über den Boden schlurfen. Was immer ihr Vater wollte, es konnte nichts Gutes verheißen.

„Hallo, Cody!", ertönte eine kesse Stimme. Beth winkte ihm mit einem scheuen Grinsen von der Veranda der Bibliothek.

Er winkte unverbindlich zurück, zog das Kinn ein und eilte weiter. Es brachte nichts, irgendjemandes Hoffnungen zu schüren.

„Hey, Cody", drang ein leiser, sinnlicher Ruf zu ihm. Sein Kopf schwenkte nach links. Dort stand Audrey so vorgebeugt, dass ihr freizügiges Oberteil überdeutlich erahnen ließ, was sie zu bieten hatte.

„Hallo“, murmelte er und beschleunigte die Schritte. Er ließ eine Minute verstreichen, bevor er sich an Tyler wandte. „Fehlt dir das?“

Tyler schüttelte den Kopf. „Kein bisschen.“

„Nie?“

„Nie.“ Tylers Stimme ließ an der Aufrichtigkeit seiner Antwort keinerlei Zweifel.

Cody konnte es ihm ohnehin ansehen. Neuerdings strahlte sein Bruder förmlich vor Glück. Es war, als hätte Tyler eine völlig neue Energiequelle gefunden, die aus ihm hervorsprudelte. Unerklärlicherweise fragte sich Cody, was daran so befriedigend sein mochte, ein Kind und eine Gefährtin zu haben... Und er fragte sich, ob er es je selbst herausfinden würde.

Tyler drehte die Frage um. „Hast du es nicht allmählich satt?“

Ob er es satt bekam, dass sich ihm ständig Frauen an den Hals warfen? Cody zögerte. Würde sein Bruder ihn auslachen, wenn er die Wahrheit sagte? Nämlich, dass er tatsächlich die Nase voll davon hatte, eine Rolle zu spielen – voll davon, jede Woche eine andere Frau zu haben? Seit sich Tyler mit Lana gepaart hatte und Cody zum begehrtesten Junggesellen auf der Ranch geworden war, hatte sich die Lage sogar verschlimmert. Eine Zeit lang hatte er es zwar in vollen Zügen genossen, doch mittlerweile nervte es nur noch.

Hatte er lockere, gefühlsleere Liebschaften satt? Ja. Gründlich.

„Ich stehe drauf“, log er.

Tyler schnaubte.

„Cody!“ Audrey fegte näher heran. Die Frau glich einer Teufelin in High Heels. Sie stürmte auf ihn zu, taumelte theatralisch und warf sich ihm direkt in die Arme. Dabei achtete sie darauf, ihren üppigen Vorbau gegen seine Brust zu pressen.

Hätte sie das mal nicht getan, denn Cody rempelte dadurch Tyler, heftig genug, dass ihm die Fledermaus entwischte. Sie kreiste einmal, zweimal, dann flatterte sie davon.

„Mist“, murmelte Cody.

Tyler entfesselte wüste Flüche direkt in Codys Kopf, gespickt mit allerlei Ideen, was er am liebsten mit Audrey anstellen würde. Unter anderem, sie mit dem roten Spitzen-BH zu erdrosseln, der sich unter ihrem Oberteil abzeichnete.

„Oh, tut mir leid!“, gurrte Audrey und streichelte Codys Hals. „War das Tier wichtig?“

Werden wir wohl nie erfahren, oder? grummelte Tyler in Codys Gedanken, bevor er davonstapfte.

„Muss los!“ Cody löste sich von ihr. Aber er geriet nur vom Regen in die Traufe, weil als Nächstes das Ratsgebäude folgte, wo sein Vater Hof hielt.

Um es zu erreichen, musste er an zwei weiteren Rudelmitgliedern vorbei, die beide ein Anliegen hatten. Diesmal richtige Anliegen. Bryant hatte eine Frage zum Bewässerungsplan, Lance berichtete über Schäden am Zaun. Das war so eine Sache: Alle wandten sich zuerst an Cody. Sowohl sein Vater als auch Tyler konnten aufbrausend sein und besaßen wenig Geduld. Sie mochten die Ranch am Laufen halten, aber Cody und seine Schwester Tina sorgten dafür, dass sie auch reibungslos lief. Sie verkörperten die Nahbaren, die andere mit einem Lächeln statt mit Strenge überzeugten.

Cody wechselte mit jedem der Männer ein paar kurze Worte, bevor er ins Ratsgebäude eilte.

„Tyler“, begrüßte sein Vater seinen älteren Sohn mit dem üblichen Stolz in der Stimme. Den Sohn, den er praktisch nach sich selbst benannt hatte: Tyrone, der Vater, Tyler, der Sohn. „Cody“, fügte er lustlos hinzu.

Cody presste die Lippen zusammen und schwieg, nickte nur knapp seiner Schwester Tina zu, die rechts neben seinem Vater saß. Sie bemühte sich redlich, die Griesgrämigkeit des Alten mit einer sanften Note auszugleichen, so unmöglich die Aufgabe auch sein mochte. Tyler und Tina waren ihrem Vater wie aus dem Gesicht geschnitten, dunkel und intensiv. Cody hingegen war in jeder Hinsicht anders.

„Kyle hat angerufen.“ Wie üblich kam sein Vater sofort auf den Punkt, auch wenn er sich nur noch um Teilbereiche des Geschäfts kümmerte. Er übergab die Pflichten des Betriebs nach und nach an seine Sprösslinge, schlüpfte selbst zunehmend in die Rolle des betagten Staatsmanns – was unter dem Strich bedeutete, dass er sich einmischen konnte, wann immer es ihm passte.

Cody und Tyler wechselten einen Blick. Kyle hatte selten gute Neuigkeiten. Das am Rand der Ranch lebende Rudelmitglied war zugleich bei der Staatspolizei. Ihr Insider.

„Er hat was von einer Mordserie in New Mexico erzählt“, fuhr Tyrone mit einer wegwerfenden Handbewegung fort.

Tina steuerte mit empörter Stimme ihre Meinung bei. „Morde entlang der Highways. An unschuldigen Frauen.“

Tyrone seufzte übertrieben. „Wir sollten dem nachgehen. Kyle scheint zu glauben, die Mörder könnten nach Arizona rüberkommen. Wir wollen hier keinen Ärger.“

Wenn sich Gestaltwandler vor etwas fürchteten, dann vor Entdeckung. Mordermittlungen bedeuteten Außenstehende und Fragen. Mit einem Wort: Ärger. Menschen mochten die schwächere Spezies sein, trotzdem durfte man sie nicht unterschätzen. Vor langer Zeit hatten Menschen die Gestaltwandler gejagt und beinah ausgerottet. Mittlerweile hatte man Codys Art ins Reich der Mythen verbannt, was den Rudeln der Moderne ein gewisses Maß an Frieden verschaffte – solange sie unauffällig blieben.

„Ich gehe“, stürzte sich Cody auf die Gelegenheit.

Tyler nickte. „Cody kümmert sich darum.“

Während der Blick seines Vaters über ihn wanderte, stand Cody besonders aufrecht. Er wäre begeistert von einem solchen Auftrag. Aber würde sein Vater ihn damit betrauen?

Es gab nämlich einen Haken: Cody hatte über Jahre hinweg eine eigene Persönlichkeit für sich erschaffen. Cody, der Unbesonnene. Cody, der Playboy. Er war kein Idiot – schon in jungen Jahren hatte er die erdrückenden Erwartungen erkannt, die auf seinem älteren Bruder lasteten. Und da er davon nichts haben wollte, hatte er oft genug bewusst Mist gebaut, damit die Erwartungen in ihn entsprechend niedrig blieben. Lange Zeit hatte die Strategie funktioniert.

Das Problem war nur, dass er seiner Rolle allmählich überdrüssig wurde. Allerdings war er mittlerweile so gut darin geworden, dass man ihn in eine Schublade steckte. Es zählte nicht, dass er bereit war, Verantwortung zu übernehmen oder sich durch eigene Verdienste auf den dritten Rang im Rudel hochgearbeitet hatte. Sein Vater sah in ihm nach wie vor nur den kleinen Jungen. In diesem Auftrag witterte Cody eine Chance, vielleicht *die* Chance, sich zu beweisen.

Sein Vater beäugte ihn skeptisch.

„Ich schaffe das", beteuerte Cody.

Ihr Vater sah stattdessen Tyler an. Zum Glück für Cody hob sein Bruder abwehrend die Hände.

„Ich habe hier genug zu tun. Lana steckt auch bis über beide Ohren in Arbeit, und Tana ist erkältet."

Cody verbarg bei Tylers unverblümten Worten ein Lächeln. Ihr Vater schaute zwar wieder finster drein, aber was sollte es? Tyler wollte sich aktiv an der Erziehung seines Kinds beteiligen und ein guter Gefährte sein – im Gegensatz zu ihrem Vater seinerzeit. Tyler mochte ihm wie aus dem Gesicht geschnitten sein, doch er war ein völlig anderer Mann. Ein anständiger Mann.

Codys richtete den Blick auf die eigenen Füße. Wie würde sein Vermächtnis aussehen?

Ein Bild von Heather entstand vor ihm, so real und nah, dass es ihn beinah von den Beinen warf. Diese grünen Augen blickten lächelnd direkt in seine und zeigten ihm, wie gut die Zukunft sein könnte. Wie viel mehr es für ihn geben könnte. Er musste nicht der übersehene Sohn eines mächtigen Alphas bleiben. Er könnte...

Und dann ereilte ihn eine Erkenntnis. Was immer er werden mochte, er würde es ohne sie tun müssen. Denn der Sohn des Alphas könnte sich niemals mit einer Menschenfrau paaren. Von ihm wurde erwartet, dass er die Gestaltwandlerblutlinie fortsetzte, indem er sich eine von ihnen zur Frau nahm. Das wussten alle. Manche andere Wolfsrudel duldeten menschliche Gefährtinnen und Gefährten. Beim Rudel der Twin Moon Ranch hingegen ging es altmodisch zu. Menschen galten als streng verboten – und erst recht für den Sohn des Alphas.

Sein innerer Wolf stimmte bei dem Gedanken ein leises, anhaltendes Knurren an und schleuderte der menschlichen Hälfte seines Verstands verrückte Botschaften entgegen. Zum Beispiel, dass er um Heather kämpfen sollte. Anspruch auf sie erheben sollte. Sie zur Gefährtin nehmen sollte...

Ein brennendes Gefühl an seinem Ohr ließ Cody zusammenzucken. Als er aufschaute, stellte er fest, dass sein Bruder ihn mit einem seiner durchdringenden Blicke bedachte. Einem Blick, der sagte: *Woran du auch gerade denkst, besser nicht an sie.*

„Cody schafft das.“ Tina überraschte ihn mit der Überzeugung in ihren Worten. „Er kann mit Kyle zusammenarbeiten, um den Mörder aufzuhalten, bevor noch ein unschuldiges Opfer stirbt und Reporter oder Ermittler irgendwelchen Ärger machen.“

Sie alle wussten, was für Ärger Tina damit meinte. Das Rudel blieb nicht ohne guten Grund unter dem Radar. Ihr aller Überleben hing davon ab.

Cody verdrängte Heathers Bild aus den Gedanken und sah seinem Vater in die Augen. Es folgte eine lange, unsichere Pause. Draußen hämmerte ein Specht und lauschte dann seinem eigenen Echo. Ein Pick-up brauste vorbei und wirbelte eine Staubwolke auf. Die Sekunden verstrichen zäh wie Kaugummi.

Schließlich nickte Tyrone. „Cody, kümmere dich darum.“

Die Worte klangen wie Musik in seinen Ohren.

Pass nur auf, dass du es nicht vermasselst, brummte Tyler in seinem Kopf.

Ah, Tyler. Hilfreich wie immer.

Mit einer Handbewegung entließ ihr Vater sie alle. Cody zwang sich, mit gemessenen Schritten zu seinem Wagen zu gehen. Er startete den Motor und wendete in Richtung des Tors der Ranch, bereit, loszufahren. Dann zögerte er plötzlich. Dieser Mordfall würde sich vermutlich nicht schnell aufklären lassen. Vielleicht würde er wochenlang bis spät in die Nacht arbeiten müssen, weit weg von der Ranch.

Weg von Heather. Seine Stimmung sank in den Keller.

Aber wahrscheinlich war es so am besten. Im Augenblick durfte er sich keine Ablenkung gestatten. Nicht durch ein weiteres Techtelmechtel – und ausgerechnet mit einer Menschenfrau.

Techtelmechtel? brüllte sein Wolf so ungestüm, so beleidigt, dass der Wagen schlingerte. *Sie ist kein Techtelmechtel. Sie ist unsere Gefährtin!*

Kapitel 4

Heather hörte die Uhr ticken, schaute aber nicht auf. Es war spät – eigentlich zu spät, um noch zu arbeiten. Vor allem, da es nach drei Wochen in dem Job inzwischen entspannter sein sollte. Aber täglich sechs Klassenstufen zu unterrichten, erforderte einen Berg von Vorbereitungen. Abgesehen davon hatte sie Freitagabenden abgeschworen. Auch Männern hatte sie abgeschworen, seit aus einer schlimmen Erfahrung eine schlimmere und danach ein Albtraum geworden war.

Ihr Spiegelbild suchte sie blass und gespenstisch auf dem Bildschirm ihres Laptops heim. Sie hatte sich so sehr verändert, sah zerbrechlich, ängstlich, angespannt aus. Wie eine alte Jungfer, obwohl sie erst siebenundzwanzig war. Wie ihr altes Ich fühlte sich Heather nur in der Schule. Vielleicht schob sie deshalb so viele Überstunden. Was war nur aus der selbstbewussten Frau geworden, die sich nicht herumschubsen ließ?

Heather verzog das Gesicht zu einer Grimasse. Ganz einfach: Die Frau wäre beinah umgebracht worden. Dem Urteilsvermögen jener Frau konnte man nicht trauen. Nie wieder.

Erst recht nicht im Augenblick, denn sie hatte damit zu kämpfen, dass sie sich unerklärlich zu einem bestimmten Mann hingezogen fühlte. Cody. Der Mann hatte ihre Gedanken gekapert und weigerte sich, auch nur darüber zu verhandeln, sie freizugeben. Seit er vorbeigekommen war, um sich der Fledermaus anzunehmen, musste sie praktisch bei jedem Atemzug an ihn denken. Die ganze letzte Woche war er regelmäßig beim Schulhaus aufgetaucht, wenn sie gerade zusammengepackt hatte. Er arbeitete derzeit viel abseits der Ranch an irgendeinem Projekt. Trotzdem kreuzte er wie von Zauberhand auf und trottete auf sie zu wie ein freudiger Welpe, den man gerade von der Leine gelassen hatte.

„Hallöchen!"

Nach einer Weile musste Heather nicht mal mehr aufschauen, um zu wissen, wer es sein würde.

„Hey", rief sie zurück und bemühte sich, ihre Aufregung nicht in ihrer Stimme mitschwingen zu lassen.

„Sieht so aus, als wärst du in meine Richtung unterwegs." Mit einem Lächeln reihte er sich immer neben ihr ein.

„Ja, sieht ganz so aus." Heather nickte dann und versuchte, sich ihre Freude nicht anmerken zu lassen. Allein, ihm so nah zu sein, berauschte sie.

Wenn sie so nebeneinander gingen, verlangsamte Heather die Schritte, um die schlichte Freude an seiner Gesellschaft auszudehnen.

„Kann ich dir etwas abnehmen?" Auch das war zur Routine geworden. Und jedes Mal schwang dabei Hoffnung in seiner seidigen Stimme mit.

Sie hatte immer nur einen leeren Lunchbeutel und eine Arbeitstasche mit ihrem Laptop und einem Notizblock dabei – nicht wirklich schwer. Trotzdem schwang sie die Arbeitstasche stets von der Schulter und bot sie ihm an. Am ersten Tag musste Cody noch fast bis zum Parkplatz auf sie einreden, bevor sie damit herausrückte. Mittlerweile übergab sie ihm die Tasche ohne Widerspruch und empfand es als seltsam befriedigend, dass ein Mann etwas für sie tun wollte, auch wenn es nicht nötig war. Einfach so.

Sie schlenderten dahin und plauderten, was rasch zum Höhepunkt ihres Tages wurde. So wie am Vortag, als ihr seine Nähe sowohl Wärme als auch ein Kribbeln vermittelt hatte – und mehr Geborgenheit als seit einer Ewigkeit.

„Und was schwebt dir als nächstes Projekt für die Schule vor?", erkundigte er sich.

Der Mann wirkte immer so entspannt, so selbstsicher. Heather wünschte, nur ein kleines bisschen davon könnte auf sie abfärben. Aber dann wünschte sie sich viel mehr als eine flüchtige Berührung, und eine innere Stimme meldete sich warnend zu Wort.

Pass auf! Du darfst ihm nicht trauen! Du darfst niemandem trauen!

Sie wusste, dass sie sich zurückhalten sollte, doch es erwies sich als unmöglich. Cody könnte allein mit der Kraft seines Grinsens alles Gold aus Fort Knox herauslocken. Ein Grinsen, das ein warmes, wuchtiges Pulsieren in ihren Adern entfachte.

„Na ja, wenn ich könnte, würde ich eine Leseecke einrichten."

„Eine Leseecke?" Er zog eine Augenbraue hoch. „Darunter stelle ich mir Lederriemen vor. Harte Stühle. Folterinstrumente."

Dass Cody nicht gern zur Schule gegangen war, hatte Heather bereits erahnt. Er war vermutlich der Typ mit zu viel Energie zum Stillsitzen gewesen, und mit zu viel Humor, um ihn zu zügeln.

„Nein, für eine Leseecke bräuchte man nur ein paar Sitzsäcke und einen gemütlichen Teppich."

„Gemütlich, ja?" Er grinste schelmisch.

Heather beschloss, nicht auf die in ihr entfachenden Flammen zu achten. „Und sie braucht ein Motiv", fügte sie hinzu und fühlte sich hoffnungslos mädchenhaft, als die Worte aus ihr herausdrangen. Der Mann verströmte so viel Testosteron, dass sie instinktiv ein Gegengewicht bildete.

„Ein Motiv?"

„Ich dachte an ein Unterwassermotiv. Blauer Teppich, wie das Meer..." *Wie deine Augen*, dachte sie, obwohl sie den Teil nicht aussprach. „Die Bücher würde ich in einer Kiste platzieren, die wie eine Schatztruhe aussieht, und die Wand würde ich wie eine Unterwasserszene bemalen."

„Wie zum Beispiel? Mit einem Kraken, der acht Bücher hält?" Ein Lächeln spielte um seine Mundwinkel. Entweder fertigte er gerade gedankliche Notizen an, oder er veräppelte sie. Es ließ sich schwer abschätzen.

Heather nickte und verdrängte mit einem Schlucken die Visionen von Cody, wie er mit nacktem Oberkörper das Schulhaus betrat, einen Pinsel in einer Hand, vier Farbdosen in der anderen – sollte für so große Hände wie seine keine Problem sein.

Ein kleiner blauer Klecks auf seiner Wange, ein gelber Strich auf seinen Brustmuskeln.

Ihr Herz schlug ein wenig schneller. „Ein Krake, der acht Bücher auf einmal liest? Tolle Idee!“

Er freute sich, das merkte sie ihm an, und ihr Herz legte noch ein paar Takte zu. Hatte nie zuvor jemand seine Ideen gelobt?

Jedenfalls verlief jeder Tag in etwa so. Die beiden schlenderten nebeneinander vor sich hin und grinsten dabei albern. Nachdem er sie am Auto abgeliefert hatte, wandte er sich immer erst ab, wenn sie um die Kurve gebogen war. Das wusste sie, weil auch sie ihn beobachtete. Und das Gummiband, das sie zu ihm hinzuziehen schien, wurde von Tag zu Tag stärker.

Trotzdem musste sie ihm widerstehen. Auch wenn er ihr nichts Böses wollte, sie war in Arizona nur auf der Durchreise nach... irgendwohin. An einen Ort, an dem sie sich verstecken und überleben konnte.

Deshalb war es wahrscheinlich gut, dass er an manchen Tagen nicht auftauchte. So wie heute. Auch eine Stunde mit hoffnungsvollen Blicken und bangem Fingerklopfen konnte ihn nicht herbeizuzaubern.

Seufzend schaute Heather aus dem Fenster. Draußen sank gerade die Sonne hinter die Hügel im Westen und färbte den Himmel rot und orange. Die Farben rüttelten eine Erinnerung daran wach, was man ihr beim Antreten der Stelle als Lehrerin gesagt hatte. *Meide nach Einbruch der Dunkelheit die Schotterstraße.* Heather hielt es für einen höflichen Wink, dass sie das Gelände der Ranch vor Anbruch der Nacht verlassen sollte. Warum, das wusste sie nicht, aber sie wollte niemandem auf die Zehen treten. Dafür bedeutete ihr der Job zu viel.

Trotz der Gerüchte, die im Ort kursierten. Die Ranch beherbergte irgendeine Sekte, hieß es dort. Wie sich die Bewohner der Ranch abkapselten, wie sie Außenstehende auf Abstand hielten... Es musste sich um eine Sekte handeln, eindeutig.

Heather glaubte davon kein Wort. Sie hatte keinerlei Anzeichen einer Sekte gesehen, nur nette, hart arbeitende Menschen. Wenn es auf der Ranch etwas Ungewöhnliches gab, dann wie altmodisch nachbarschaftlich sich alle verhielten. Sie jedenfalls fühlte sich an diesem Zufluchtsort vor der Außenwelt rundum wohl. Tatsächlich fiel es ihr sogar schwer, sich davon loszueisen.

Aber der Tag neigte sich der Nacht in jener ungewissen Stunde zu, in der die Wüste aus ihrer Siesta erwachte, und somit war es an der Zeit aufzubrechen. Heather sammelte ihre Sachen ein und schaltete das Licht aus. Draußen funkelten die ersten Sterne und schienen zu fragen, warum sie gehen musste. Dabei überkam sie jedes Mal dasselbe melancholische Gefühl. Als wäre sie hier zu Hause, nicht im Ort.

Bald erreichte sie den zentralen Innenhof, wo ihr Auto parkte. Heather holte tief Luft und ließ zum wohl hundertsten Mal die zeitlose Atmosphäre auf sich wirken. Das Brandzeichen der Twin Moon Ranch hing in der Brise schwingend über dem Eingangstor: zwei Kreise, die sich mit einem dritten überlappten. Jahrhundertealte Schwarz-Pappeln wölbten sich hoch empor, weise und erhaben. Häuser mit Blendfassaden und Bretterwegen davor reihten sich aneinander und wirkten wie die Kulisse eines Westerns, bis hin zu einem Palomino, der an einem Anbindebalken mit dem Schwanz peitschte. Es hieß, dass an den Bäumen im Frühling ein baumwollartiger Flaum blühte, der den Ort wie Schnee bedeckte. Sehnsucht erfüllte Heather beim Gedanken, dass sie nicht lang genug bleiben konnte, um den Wechsel der Jahreszeiten an diesem faszinierenden Ort zu erleben.

Aus der Scheune drangen die ersten Töne einer Gitarre, begleitet von Stimmengewirr. Licht schien durch die aufgeschwungenen Tore heraus, und ehe sich Heather versah, trugen ihre Füße sie näher hin. Anscheinend fand gerade irgendeine Tanzveranstaltung statt. Bunte Lichterketten wurden aufgehängt, und eine dreiköpfige Band aus Arbeitern der Ranch stimmte eine Country-Ballade an. Ein altmodischer Tanz unter freiem Himmel. Kinder versteckten sich zwischen den Bäumen und kicherten über die sowohl jungen als auch älteren Tanzpaare. Die Musik ertönte leise, das Gelächter herzlich. Heather ertappte sich dabei, wie sie verharrte und zusah. Sehnsucht regte sich in ihr.

Danach, irgendwo dazuzugehören.

Heather seufzte. Tja, sie mochte hier nicht dazugehören,

aber wenn sie ganz langsam ginge, könnte sie wenigstens zusehen. Ihr Blick suchte die Gesichter ab und entdeckte im Nu Cody, der mit zwei grauhaarigen Frauen scherzte. Sein Bruder, die wandelnde Gewitterwolke, tanzte mit Lana, der Frau, mit der Heather das Bewerbungsgespräch für die Stelle geführt hatte. Wange an Wange, Hüfte an Hüfte wiegten sie sich langsam in ihrem eigenen Takt. Einem innigen Takt, befand Heather. Lana flüsterte etwas, das Tyler zum Lächeln brachte. Er schmiegte sich an ihr Ohr. Als ein Kleinkind angelaufen kam, hob Tyler seine Tochter hoch, knuddelte sie und tanzte so weiter, dass sie zu dritt ein enges Knäuel bildeten.

Ein paar Schritte entfernt drehte ein anderer großer Mann seine zierliche Partnerin durch eine Pirouette, bevor er sie fest an sich zog, als wäre schon das zu viel Abstand für ihn gewesen. Allein vom Zusehen regte sich weitere Sehnsucht in Heather. Das mussten Lance und seine Partnerin Josie sein. Die Schulkinder erzählten die verrücktesten Geschichten über die beiden, und Heather glaubte keine davon. Jagden? Pfeil und Bogen? Fährtensuche durch Witterung? Das Einzige, was sie glaubte, war, dass Lance eine coole Harley besaß.

Ihr Augenmerk wanderte langsam zurück zu Cody. Ein wehmütiger Ausdruck huschte über sein Gesicht, bevor er wieder zum lässigen Cody wurde, der gerade von großen Wellen an einem Strand herübergeschlendert zu sein schien. Heather hielt den Atem an, als eine hübsche Brünette auf ihn zusteuerte. Sie atmete aus, als sich die Frau mit verschnupfter Miene zurückzog. Eine andere folgte gleich darauf – die künstliche Blondine mit der aufgedonnerten Mähne und dem üppigen Busen. Heather wappnete sich dafür, sich abzuwenden, um Cody nicht beim Tanzen mit ihr zusehen zu müssen. Denn der Mann, der sie regelmäßig von der Schule abholte und ihre die Tasche trug, sollte mit niemandem außer ihr tanzen.

Und er tanzte auch mit niemandem. Stattdessen ließ er eine Frau nach der anderen abblitzen. Auf wen wartete er?

Dann sah Heather die Antwort. Eine dunkelhaarige Schönheit winkte ihn mit einem Fingerzeig auf die Tanzfläche. Ohne zu zögern, ging Cody hin und nahm sie schwungvoll in die Arme. Jede Drehung, jeder Körperkontakt der beiden ließ

Heather zusammenzucken.

Rasch wandte sie sich ab, fuhr sich mit der Hand über die Wange und tat so, als hätte sie damit nicht eine Träne weggewischt. Sie wollte ja ohnehin keinen Mann. Schon gar keinen, der so viele Herzen brechen konnte – oder eines immer wieder. Und war es vor nicht allzu langer Zeit nicht ein wundervoller Freitagabend wie dieser gewesen, der so gut begonnen und so schlecht geendet hatte?

Wuchtig schlug sie die Tür zu dieser Erinnerung zu. Immerhin befand sie sich nun Tausende Kilometer von der Ostküste entfernt. In Sicherheit. Vorläufig zumindest.

Nicht weit entfernt zeichnete sich ihr Auto als schüchterner Zwerg zwischen zwei staubigen Pick-ups ab. Langsam ging sie hin, das Gesicht den Sternen zugewandt – so vielen mehr, als sie an der Ostküste je gesehen hatte. Hinter ihr wurde die Musik leiser, als ein Lied verklang, um den Platz für ein anderes zu räumen. Sie öffnete die knarrende Hintertür ihres Wagens und warf die Tasche hinein. Dann drehte sie sich nach vorn, fest entschlossen, diesen Ort hinter sich zu lassen und damit auch die Gedanken an einen Mann, der unmögliche Begierden in ihr weckte.

Hinter der vorderen Stoßstange flimmerte etwas, und sie verweilte noch kurz. Ein flüchtiges Aufblitzen, dann noch eines. Glühwürmchen erhellten tänzelnd die Nacht. Heather ließ einige weitere Minuten verstreichen, während sie ihnen bei ihrem verspielten Treiben zusah.

„Hallöchen."

Bei jeder anderen Stimme wäre Heather vor Schreck aus der Haut gefahren. Aber es war jener seidige Tenor, der ihre Seele sanft und weich wie Honig umhüllte. Cody.

Als sie sich umdrehte, sah sie ihn am Pick-up nebenan stehen, und ihr Herz fing an zu galoppieren wie jedes Mal, wenn er sich ihr näherte.

„Irgendwie hatte ich gehofft...", begann er mit wehmütigem Blick. „Warte. Du willst doch nicht etwa schon fahren, oder?"

In ihr meldete sich krächzend die Stimme der alten Jungfer. *Vertrau im nicht! Vertrau niemandem!*

Allerdings entspannten sich ihre verkrampften Schultern auf Anhieb. Cody fühlte sich wie ein lang vermisster Freund an. Einer, der ihr in all den Jahren schrecklich gefehlt hatte.

„Es wird allmählich spät“, meinte sie und gab sie alle Mühe, die Sehnsucht aus ihrer Stimme herauszuhalten.

Er schaute zu den Tanzenden, bevor er ihr Auto ansah und flüsterte: „Bleib. Bitte bleib.“

Kapitel 5

Heather hätte schwören können, dass Codys Augen genauso tänzelten wie die Glühwürmchen. Schmunzelnd sah er ihnen zu. „Als wir klein waren, haben wir sie immer gezählt. Na ja, zumindest haben wir es versucht.“

Heather versuchte es auch, nur um die innere Stimme zum Schweigen zu bringen. Eins, zwei. Drei. Vier? Es ließ sich schwer sagen, weil wie immer wieder an einer Stelle verschwanden und an einer anderen auftauchten. Ihr fiel auf, dass sich Cody langsam näherte, bevor sie noch etwas erkannte: Cody war der einzige Mann, der damit keine rasende Angst in ihr auslöste. Seit sie angegriffen worden war, genügte schon ein Mann hinter ihr in die Schlange im Supermarkt, um sie zusammenzucken zu lassen. Aber Cody... je näher, desto besser.

Trotzdem ließ die leise Stimme in ihrem Kopf mit ihren Warnungen nicht locker. *Behalte ihn einfach in deinen Träumen. In schönen Träumen. Intimen Träumen, in denen er immer sanft und freundlich sein wird. Aber lass ihn nicht so nah an dich ran.*

Doch er war ihr bereits nah. Und dann noch näher. Er strahlte Kraft aus sie Sonnenstrahlen, die auf dem Meer funkeln – Macht und noch etwas. Keine Gier, keine Lust. Eher... Sehnsucht.

Heather kramte nach irgendetwas, das sie sagen könnte. „Ich gehe wohl besser.“

Trotz der Worte weigerten sich ihre Glieder, sich in Bewegung zu setzen. Dafür befand sich Cody zu angenehm nah.

„Warum so eilig? Hast du ein Date?“ Mit dem hellen, von den Lichtern der Feier dahinter erhellten Haar wirkte er mehr wie der Sohn des Apollo als wie ein Normalsterblicher.

Heathers schüttelte den Kopf. „Ich bin nicht in Eile.“ Und ganz sicher hatte sie kein Date. Aber hatte nicht er eines? Mit der dunkelhaarigen Schönheit? „Du bist ein guter Tänzer.“

„Nur mit meiner Schwester. Bei allen anderen habe ich zwei linke Füße.“

Heather rief sich das Bild der Frau ins Gedächtnis. „Das ist deine Schwester?“

„Meine Halbschwester Tina. Erinnerst du dich an Tyler?“

Die wandelnde Gewitterwolke? „Sicher.“

„Er und Tina wurden zuerst geboren. Danach ist mein Vater mit meiner Mutter zusammengekommen, und sie haben mich und meine kleine Schwester Carly gekriegt.“

Auf einmal ergab es einen Sinn. Seine dunkelhaarige Tanzpartnerin ähnelte Tyler. Und als Heather die Szene vor ihrem geistigen Auge Revue passieren ließ, stellte sie fest, wie locker und beschwingt sie getanzt hatten. Nicht annähernd so intim wie Tyler und Lana. Sie atmete aus. „Halbschwester, hm?“

Cody setzte ein Lächeln auf. „Was nicht heißt, dass sie ihren armen, unschuldigen kleinen Bruder nur halb herrisch behandelt.“

„Unschuldig?“ Heather schnaubte. Cody mochte süß und sinnlich sein, aber bestimmt nicht unschuldig. Und alles andere als klein.

Er ließ das bezirzende Lächeln eines Schuldbewussten aufblitzen. „Total unschuldig.“

„Wieso hab ich daran bloß meine Zweifel?“

„Keine Ahnung. Warum?“

„Ach, nur so.“

Den Rest verkniff sie sich. *Weil ich das Lachen in deinen Augen sehe. Weil du dich hinter deinem Lächeln versteckst. Weil die Kerbe in deinem Ohr eine andere Geschichte erzählt.*

Heather hatte ihn in den vergangenen Tagen beobachtet. Anfangs war sie dieser allzeit vergnügten, sorglosen Cowboy-Persönlichkeit verfallen. Aber hin und wieder sah sie, wie seine Maske verrutschte. Zum Beispiel in dem Moment, als er seinem Bruder beim Tanzen zugesehen hatte. Wenn es geschah, blitzte in Codys Augen eine wilde Entschlossenheit auf – wozu, das vermochte sie nicht zu sagen. Dann fing er sich jedes Mal rasch und setzte sein Lächeln wieder auf. Wie oft hatte sie das bei ihren Schülern schon gesehen? Hatte ein Kind erst eine Rolle eingenommen – Klassenkasper, Streber, Schönheitskönigin, was auch immer –, war es schwer, aus ihr auszubrechen.

Cody. Verlorener, einsamer kleiner Junge? Oder erwachsener, starker, unerschütterlicher Mann? Er hatte das Gleichgewicht zwischen beidem noch nicht ganz gefunden.

Im Moment hatte er die Maske fest aufgesetzt. „Ich war als Junge unheimlich brav! Außer das eine Mal mit dem Stinktier. Und bei der Sache mit dem Leim auf dem Stuhl...“

Den Typ kannte Heather genau. Und sie wusste auch, wie schwer sich eine selbst auferlegte Rolle wieder ablegen ließ.

Sie wandte sich dem Auto zu. „Jetzt sollte ich aber wirklich los.“

„Kein Tanzen?“

Heather zuckte mit den Schultern. Man hatte sie dazu nicht eingeladen, also nein. Sie verkörperte hier genauso sehr die Außenseiterin wie überall sonst.

„Warum hast du es so eilig?“

„Mir ist gesagt worden, ich soll nicht bis nach Einbruch der Dunkelheit bleiben.“

Mit ernster Miene senkte er die Stimme. „Nur einen Tanz, bevor du gehst?“

„Ich dachte, du hättest zwei linke Füße.“

Er setzte ein verhaltenes, aber aufrichtiges Lächeln auf. In dem Moment hätte sie gern die Hand ausgestreckt und ihn gepackt – den echten Cody.

„Lass es mich beweisen.“

Wie er die Worte aussprach, bewog Heather, sich zu fragen, was er noch zu beweisen hatte.

Als er die Hand ausstreckte, versetzte die Geste sie an einen anderen Ort in einer anderen Nacht. Die Nacht, in der sie fast gestorben wäre. Einen Moment lang drohten sämtliche Muskeln, ihr den Dienst zu versagen. Heather schluckte den in ihr aufsteigenden Schrei hinunter und blinzelte die Panik weg.

Mit verengten Augen sah er ihr ins Gesicht, und sie atmete durch. Im Gegensatz zu den Augen in jener grauenhaften Nacht waren diese blau mit goldenen Einsprengseln. Ungefährliche Augen.

„Alles in Ordnung?" Seine sanfte Stimme lockte sie vom Rand einer inneren Klippe zurück.

Heather nickte roboterhaft. Sie konnte das. „Es geht mir gut."

Von wegen. Nun war sie diejenige, die eine Maske trug.

Langsam, vorsichtig, als hätte er es mit einem scheuen Stutfohlen zu tun, führte Cody sie in den kleinen Bereich zwischen ihrer vorderen Stoßstange und einem Anbindebalken. Seine Hände erwiesen sich als schwielig und stark. Geradezu tröstlich.

Die Stimme der alten Jungfer ertönte wieder in Heathers Kopf. *Nicht so nah!* Aber die Botschaft erreichte nur ihre Ohren. Der Rest von ihr schmolz rasch dahin.

Cody begann einen langsamen Tanz. Nicht zu nah, nicht zu eng, einfach... schön. Sie passten so wunderbar zueinander. Ihr Kinn reichte ihm knapp über die Schulter, sein Arm schmiegte sich wie maßgeschneidert um ihre Taille.

Verschwinde! Fahr nach Hause!

Nach Hause? Genau hier fühlte es sich danach an.

Heather nahm sich fest vor, sich nicht hinreißen zu lassen. Bald würde sie nach Hause fahren. Sie würde...

Ihre Wange an seine schmiegen? Heather nahm salzigen Meeresduft wahr, so klar und frisch, dass sie wusste, er konnte nicht nur von Eau de Cologne ausgehen. Musik trieb vorbei, vielleicht in demselben magischen Äther, durch den sich ihre Füße so leicht anfühlten. Genau wie ihr Kopf. Der Mann, der all diese Frauen abgewiesen hatte, wollte ausgerechnet mit ihr tanzen.

Ihre Haut kribbelte, und sie murmelte: „Du hast eindeutig keine zwei linken Füße."

Seine Nase blieb dicht an ihrem Haar. Gott, fühlte sich das gut an.

„Der linke Fuß ist meiner, der rechte Fuß deiner." Seine Stimme klang heiser. „Wir sind füreinander geschaffen, du und ich."

Die warnende Stimme hörte sich mittlerweile an, als riefe sie von einem weit entfernten, rasant sinkenden Schiff. *Vertrau niemandem...*

Als Cody zu tanzen aufhörte und sein Blick auf ihre Lippen fiel, erwies es sich als unmöglich, dem Drang zu widerstehen, ihm auf halbem Weg entgegenzukommen. Er beugte sich vor, sie wiegte sich ihm auf den Zehenspitzen entgegen und hielt den Atem an, als sie sich küssten.

Es wurde ein Kuss zum Dahinschmelzen, lang und zart. So perfekt, dass Heather die Augen schließen musste, um die Eindrücke zu verarbeiten.

Seine Lippen fühlten sich weich an. Seidig. Unschuldig. Vielleicht hatte der Mann sie ja doch nicht veralbert. Denn Cody zu küssen, glich einem Ritt auf einer flauschigen weißen Wolke über einen atemberaubenden Sommerhimmel. Heather beugte sich vor, wollte mehr. Seine Lippen formten winzige Buchstaben auf ihren. Es fing mit einem zarten B an, das langsam zu einem ihren Mund massierenden M überging. Dann öffneten sie sich und bildeten Vokale – ein A und ein O, die himmlisch schmeckten. Die Buchstaben bildeten keine Worte, dienten nur der Erkundung.

Der Kuss zog sich hin, und Heather wünschte, das Alphabet würde nie enden. Letztlich beendete Cody ihn, wenngleich er dabei die Lippen so spitzte, dass sie sich so spät wie möglich voneinander trennten.

Hätte er nicht mit geschlossenen Augen dagestanden und den Kuss genossen, dann sie.

Ihr Herz pochte aufgeregt, und sie wollte sich gerade für einen Nachschlag vorbeugen, als eine Fledermaus knapp über ihren Köpfen hinwegsauste.

Sie lösten sich voneinander, um das Tier vorbeizulassen, und Heather schmerzte die Trennung dermaßen, dass sie tatsächlich einen Stich verspürte.

Darauf folgte die nicht minder schmerzliche Erkenntnis, dass sie eigentlich längst unterwegs sein sollte. Dass es nie zu diesem Kuss hätte kommen sollen.

„Ich muss los“, flüsterte sie.

Über seine Züge ging ein Flackern, ein Zeichen, dass er die Maske wieder trug. Der coole Junggeselle, der Spaßvogel würde die Spuren gleich mit einem witzigen Spruch verwischen. Aber nein – stattdessen schenkte er ihr ein verhaltenes Lächeln, gefärbt von Bedauern. „Bis bald?“

Heather atmete tief ein. Es konnte nicht bald genug sein. Sie nickte, bevor sie ins Auto stieg und davonfuhr. Ihr Blick galt dabei mehr dem Innenspiegel als der Straße.

Kapitel 6

Angst und Verlangen. Noch nie hatte Cody beides so nah beisammen gerochen. Im Verlauf der Nacht und bis in den nächsten Tag hinein ließ er die Begegnung wieder und wieder im Kopf ablaufen. Er wollte mehr von diesem Kuss. Er wollte ihn zart und sanft wiederholen, bis er diesen panischen Ausdruck in Heathers Augen weggeküsst hätte.

Wer hatte ihr das angetan? Wer hatte sie so zu Tode erschreckt? Denn selbst, während sie in seinem Kuss aufgegangen war, hatte sie Angst verspürt. Beim Gedanken daran zerrte sein innerer Wolf an seinen Fesseln. Er wollte hinter ihrem Auto herhetzen und in ihrer Nähe bleiben. Für ihre Sicherheit sorgen. Anspruch auf sie erheben.

Gefährtin! Lass sie nicht gehen!

Es dauerte eine lange, verschwitzte Nacht, bis Cody klar wurde, dass nicht nur sein Wolf Anspruch auf sie erheben wollte. Auch seine menschliche Seite verging sich heulend nach ihr. Er musste an sich halten, um nicht in aller Herrgottsfrühe auf der Suche nach ihr loszustürmen. Aber ein Tanz musste genügen – vorläufig.

Erst musste er einiges überdenken. Zum Beispiel, ob er sich wirklich sicher war.

Wie kannst du dir nicht sicher sein? fragte sein Wolf knurrend.

Na schön, vielleicht war er sich sicher. Aber was spielte das schon für eine Rolle, wenn das Rudel sie niemals akzeptieren würde? Abgesehen davon musste *sie* sich sicher sein. Und wie um alles in der Welt sollte er diesen Schritt je überwinden? Schließlich konnte er nicht einfach vor sie hintreten und es ihr sagen.

Heather, mein Wolf und ich wollen, dass du unsere Gefährtin wirst. Lass mich dich beißen, damit du für immer mein bist.

Verdammt, das würde sich für sie wie etwas aus einem Horrorfilm anhören. Und er könnte es ihr unmöglich erklären. Wie auch?

Ich verspreche dir, es wird nicht wehtun.

Genau. Als ob das klappen würde, selbst wenn es wahr wäre. Gepaarte Wölfe beiderlei Geschlechts grinsten stets sinnlich, wenn sie vom Paarungsbiss sprachen. Als wäre er das höchste aller euphorischen Gefühle. Aber selbst wenn es stimmte, würde Heather ihn für vollkommen verrückt halten.

Und was hatte er ihr eigentlich zu bieten?

Unsterbliche Liebe? schlug sein Wolf vor, der sich plötzlich als Poet versuchte.

Als würde das reichen. Es wäre bei jedem Menschen mehr als schwierig ihn von der Idee zu überzeugen, sich mit einem Gestaltwandler zu paaren. Bei einer verängstigten Menschenfrau, ganz gleich, wie taff sie sich geben mochte, würde es noch schwieriger sein. Er würde abwarten und ihr Freiraum lassen müssen.

Allerdings arbeitete die Zeit gegen ihn. Heathers Anstellung als Lehrerin dauerte nur noch einige Wochen. Bis dahin müsste er sie zum Bleiben überredet haben. Und dazu, seine Gefährtin zu werden.

Schlimmer noch, es würde eine Ewigkeit in Anspruch nehmen, das Rudel davon zu überzeugen, eine Menschenfrau zu akzeptieren.

Warum warten? murmelte sein Wolf leise und zornig. *Wir nehmen sie einfach sofort! Nach dem Paarungsbiss können uns die anderen nicht mehr aufhalten.*

Cody drängte das Tier zurück in seinen inneren Käfig. So ging man es nicht an, seine Gefährtin für sich zu gewinnen. Vorerst musste er abwarten. In der Zwischenzeit musste er Kyle bei dem Mordfall unterstützen, auch wenn er nach wie vor Heathers wilden Erdbeerduft in der Nase hatte.

Am Morgen nach dem Kuss – am Samstag – erwartete ihn nach dem Aufwachen die Neuigkeit, dass es einen weiteren

Highway-Mord gegeben hatte, diesmal in Arizona. Der Killer näherte sich dem Rudelgebiet.

Grimmig schweigend fuhr Cody drei Stunden nach Osten, um sich mit Kyle zu treffen. Unterwegs wollte er zunächst seinen üblichen Radiosender hören, schaltete jedoch schnell auf einen anderen Kanal um. Dieses Gedudel über verliebte Cowboys konnte er im Augenblick nicht gebrauchen.

Da, ein Klassiker für unterwegs. Schon besser.

Allerdings hielt er es gerade mal dreißig Sekunden aus, bevor er zu dem schmachtenden Cowboy zurückregelte. Er sang von wartenden Herzen und erlöschenden Kerzen... Schmalzig, dennoch sprach es etwas in Cody an.

Aber er musste sich auf die Arbeit konzentrieren, nicht auf die Frau, also schaltete er das Radio aus. Nur half auch das nicht, Heather aus seinem Kopf zu verbannen – beharrlich verweilte sie darin während des gesamten Wegs durch den Bundesstaat bis zum Parkplatz des Leichenschauhauses von Graham County, wo sein Rudelkamerad ihn erwartete.

Er folgte Kyles schweren Stiefelschritten ins Untergeschoss des Gebäudes. Kyle ließ seinen Ausweis aufblitzen, stapfte einen Korridor entlang und schob zwei schwere Metalltüren auf.

„Officer Williams", begrüßte der Gerichtsmediziner Kyle. Hinter ihm lag eine Leiche ausgestreckt auf dem Untersuchungstisch.

Bei dem Anblick schüttelte Cody den Kopf. *Herrgott.* Obwohl er das Gesicht nicht sehen konnte, wirkte das Opfer jung. Entschieden zu jung für einen so gewaltsamen Tod.

„Doktor Nguyen." Kyle deutete auf Cody. „Das ist Officer Hawthorne von der Nevada Highway Patrol."

Codys Tarnung, gestützt durch einen authentisch wirkenden Ausweis. Kyle hingegen war echt. Er gehörte zu den wenigen Rudelmitgliedern mit einem Job in der Welt der Menschen – einem Job mit Mehrwert für das Rudel. Es schadete nie, brandaktuell über Verbrechen und Ermittlungen in der Gegend informiert zu sein, unabhängig davon, ob etwas davon Gestaltwandler betraf oder nicht.

Der Gerichtsmediziner nickte. Ohne ihnen die Hand zu schütteln, führte er sie zum Untersuchungstisch.

Die Frau darauf verkörperte das dritte Mordopfer in einer Serie, die sich mittlerweile von New Mexico bis nach Arizona erstreckte. Wie die anderen war sie an den Straßenrand gelockt worden, bevor der Täter mehrfach auf sie eingestochen und sie zum Sterben zurückgelassen hatte. Bislang hatte die Polizei nichts. Keine Fingerabdrücke, keine Zeugen, keine Spuren.

Langsam trat Cody näher hin und wünschte, er könnte der Frau irgendwie ihre Würde zurückgeben. Er konnte sie von der Brust abwärts nackt auf dem kalten Stahl sehen, übersät von einem Dutzend Wunden. Eine Hülle ohne Seele.

„Wir haben das Opfer identifiziert“, begann der Gerichtsmediziner. „Sechsundzwanzig Jahre alt, keine Vorstrafen. Keine Anzeichen von Drogen oder Alkohol. Den Mitbewohnern ist nichts Verdächtiges aufgefallen, als sie das Haus verlassen hat.“

Cody ballte die Hand zur Faust, um nicht die Krallen auszufahren. Gott, wie gern würde er dem Mörder eine Kostprobe seiner eigenen Medizin verabreichen.

Der Gerichtsmediziner fuhr monoton mit seinem Bericht fort, ging auf eine Wunde nach der anderen ein. „Scharfkantige Klinge, hier, hier und hier. Aber werfen Sie einen genaueren Blick darauf.“ Er zeigte auf einen Schnitt im unteren Bauchbereich des Opfers.

Cody trat vor und sah dabei das Gesicht. Beim Anblick des champagnerfarbenen Haars und der weit aufgerissenen, grünen Augen, die leblos zur Decke starrten, musste er sich mit einer Hand am Tisch abstützen, weil die Knie unter ihm einzuknicken drohten.

„Was ist los, Officer Hawthorne?“, fragte Kyle. „Haben Sie einen Geist gesehen?“

Nachdem Cody den ersten Schock überwunden hatte, stellte er fest, dass es sich nicht um Heather handelte. Aber die Ähnlichkeit war frappant. Zu frappant. In Gedanken herrschte er Kyle an, um ihn in die Schranken zu weisen. Mit grimmiger Genugtuung beobachtete er, wie der Mann unter der unerwartet heftigen Schelte zusammenzuckte. Schadete nicht, ihn daran zu erinnern, wer den höheren Rang hatte.

„Jetzt kommen wir zum ungewöhnlichen Teil“, fuhr der Gerichtsmediziner fort, ohne seine Zuhörer auch nur wahrzunehmen. „Darunter ist eine Einstichwunde.“

Cody erstarrte. Wenn seine Befürchtung zutraf, hatten sie es mit dem schlimmstmöglichen Fall zu tun. Er zwang sich, keine Miene zu verziehen, als der Gerichtsmediziner weitersprach.

„Die meisten Wunden sind zu tief und unregelmäßig, um festzustellen, ob es weitere Einstichstellen gibt. Aber an der hier erkennt man es.“

Cody folgte Kyles Blick zum Hals des Opfers.

„Nirgendwo sonst?“ Kyles Finger fuhren durch sein kurz gestutztes Haar.

„Nirgendwo sonst“, bestätigte der Gerichtsmediziner. „Anzeichen auf Vergewaltigung... “

Durch den leiernden Tonfall klang das Wort nur noch hässlicher.

Cody schob sich hinter Kyle und beugte sich über den Hals der Frau. Aus nächster Nähe schnupperte er. Dabei nahm nur leichte Reste eines billigen Parfüms wahr, vermischt mit dem beißenden Geruch von Angst. Keine Spur davon, was er eigentlich suchte. Kopfschüttelnd sah er Kyle an.

„Der Täter war ein verdammt gründlicher Mistkerl“, fügte der Gerichtsmediziner hinzu. „Er hat sie völlig ausgeblutet. Kein einziger Tropfen übrig.“

Kyle warf Cody einen bedeutungsvollen Blick zu und übermittelte ihm eine Frage. *Denkst du dasselbe wie ich?*

Cody wünschte, es wäre nicht so. Aber er nickte. *Vampir.*

Kapitel 7

Eine Untersuchung des Tatorts an einem abgelegenen Abschnitt des Highways bestätigte ihre Befürchtungen. Überall am Auto des Opfers haftete der Aschegeruch von Vampiren. Für Cody stanken sie alle gleich. Nach Tod. Nach Bösartigkeit. Ein flüchtiger Gestank, zugleich vorhanden und auch nicht, ähnlich wie Ammoniak, das den Mief von etwas Unreinem überdeckte. Aber selbst scharfe Wolfsnasen konnten der Fährte von Vampiren nicht folgen. In der Hinsicht hatten sich die Mörder in Luft aufgelöst.

„Vampire“, murmelte Kyle während der langen Fahrt nach Osten. Sie visierten die Staatsgrenze an, um mit den Ermittlern zu reden, die an den früheren Morden arbeiteten. „Aus New Mexico? Texas?“

Cody interessierte nicht, woher sie kamen. Er wollte sie nur tot haben.

„Es müssen mehrere gleichzeitig vom Opfer getrunken haben“, mutmaßte Kyle.

Cody schluckte den bitteren Geschmack in seinem Mund hinunter. Schon ein Vampir konnte selbst für einen Wolf ein harter Gegner sein. Sein Vater trug immer noch die Narben eines Kampfs gegen einen Vampir, den er lang vor Codys Geburt nur knapp gewonnen hatte. Vampire waren schnell und unheimlich schwer zu töten. Ein Zusammenstoß mit mehr als einem versprach eine hohe Zahl von Toten auf beiden Seiten.

„Danach haben sie ihre Spuren getarnt, indem sie das Opfer aufgeschlitzt haben“, folgerte Kyle weiter.

Langes Schweigen breitete sich im Auto aus, während ihre Vorstellungskraft den Rest der Lücken füllte.

„Können Lance und Josie sie aufspüren?“, fragte Kyle.

Cody schüttelte den Kopf. Lance war der beste Fährtensucher des Rudels, Josie eine meisterliche Jägerin. Doch selbst sie konnten einer solchen Spur nicht folgen.

„Als ob Lance seine Gefährtin in die Nähe von Vampiren lassen würde." Cody schnaubte. Als ob irgendein guter Gefährte das zuließe.

Bei dem Gedanken erschien ein Bild von Heather vor seinem geistigen Auge, und sein Herzschlag beschleunigte sich vor lauter Drang, sie zu beschützen. Mit einem Blick auf die Uhr rechnete er nach, vor wie vielen Stunden er sie zuletzt gesehen hatte. Es lag entschieden zu lang zurück. Hätte diese Bedrohung durch Vampire nicht alles andere in den Hintergrund gedrängt, könnte er in diesem Augenblick bei ihr sein.

„Wenn ich diese Blutsauger in die Finger kriege..."

Die Ermittler in New Mexico erwiesen sich als ebenso ratlos. Auch stundenlanges Brüten über Karten und Polizeiakten ergab nichts.

„Was für eine Art, einen Samstagabend zu verbringen", meinte einer der Ermittler seufzend.

Oder einen Sonntagmorgen, denn Cody und Kyle blieben die Nacht über in New Mexico, nachdem sie noch Spuren verfolgt hatten, die im Sand verlaufen waren. Erst spät am Sonntag kehrten sie zu Kyles Zentrale in Arizona zurück. Auch eine weitere zweistündige Sichtung von Unterlagen dort förderte keine Ergebnisse zutage. Cody schnaubte in seinen Kaffeebecher und warf ihn beiseite.

„Wie hältst du das nur dauerhaft aus?"

Kyle zog eine Augenbraue hoch. „Was?"

„All die Toten. Die ungelösten Rätsel. Die dafür verantwortlichen Drecksäcke."

Kyles Blick wanderte die Wand des Büros entlang, ohne irgendwo zu verharren. Er legte die Stirn in Falten, und plötzlich wünschte Cody, er hätte nicht gefragt. Denn aus den Augen seines Rudelkameraden sprach erst Schmerz, dann Entschlossenheit. Der Mann war nicht grundlos Polizist, auch wenn er nicht viel über seine Vergangenheit verriet.

Kyle schluckte, bevor er sich zusammenriss und wieder konzentriert wirkte. „Das ist der schwierige Teil – das Warten, das

Grübeln, die Frustration falscher Fährten. Aber die Mistkerle letztlich zu fassen – das ist ein verdammt gutes Gefühl.“ Als er den Blick auf Cody richtete, loderte Entschlossenheit in seinen Augen. „Wir lösen diesen Fall. Das verspreche ich dir.“

∞∞∞

Vorläufig jedoch blieb nichts anderes übrig, als es für den Tag gut sein zu lassen. Cody fuhr mit zu Kyles Haus, wo er die Nacht verbringen wollte, um sich den weiten Weg zurück zur Ranch zu sparen. Es handelte sich um das Haus des alten Schmieds draußen am äußersten Rand des Twin Moon Territoriums – und entpuppte sich als so chaotisch, wie Kyles Leben einst gewesen war. Aber für einen Menschen, der bei einer wüsten Schlägerei von Bikern mit einem abtrünnigen Gestaltwandler darunter versehentlich zum Wolf verwandelt worden war, hatte er sich bemerkenswert gut eingefunden. Damals war es einem Wunder gleichgekommen, dass der Polizist seine Verletzungen überhaupt überlebt hatte. Nur die stärksten Menschen verkrafteten solche Wunden und wurden zu Gestaltwandlern.

Kurz nach seiner Genesung hatte sich Kyle dem Rudel der Twin Moon Ranch angeschlossen und sich langsam den Weg in ein neues Leben ertastet. Dennoch ließ sich nicht übersehen, dass der Mann noch einen weiten Weg vor sich hatte, bevor er sich wirklich wohl in seiner Haut fühlen würde. Seinen beiden Häuten, um genau zu sein. Er verbrachte zu viel Zeit allein, starrte ins Leere und setzte sich mit den Geistern seiner Vergangenheit auseinander. Oder vielleicht träumte er von etwas für immer Unerreichbarem. Woran es auch liegen mochte, der Mann erinnerte an eine leere Hülle ohne Seele. Aber die Frauen standen darauf. Kyle strahlte diese Aura eines verwundeten Kriegers aus, der sie einfach nicht widerstehen konnten.

Cody warf seinem Freund einen Seitenblick zu und fragte sich, ob Kyle das auch so satthatte – diese unverbindlichen, gefühlsleeren Affären statt der beständigen Freude an der Gesellschaft einer Gefährtin.

Und schon wieder setzte sein Verstand dazu an, sich etwas

auszumalen, das nicht sein durfte.

Während des Pizzaessens und der ersten Hälfte des Footballspiels, das im Fernsehen lief, brütete Cody vor sich hin. Er wurde das Bild der schreckensgeweiteten Augen der toten Frau nicht los. Augen, die denen von Heather so ähnelten. Durch seine Füße zuckte der Drang, im Schulhaus nach dem Rechten zu sehen. Nur würde Heather an diesem Tag zu Hause sein. Bei dem Gedanken beschleunigte sich sein Herzschlag sprunghaft. Vielleicht könnte er sie besuchen. Sie wohnte doch irgendwo im Ort, oder?

Genau. Er würde also unangekündigt bei ihr auf der Matte stehen... und was sagen?

Hallo, Heather. Ich musste mich vergewissern, dass es dir gut geht. Ich muss dich einfach festhalten.

Als würde er damit ihre Rüstung durchdringen.

Oder vielleicht ein anderer Ansatz: *Ich kann unseren Kuss nicht vergessen und hätte gern ungefähr eine Million mehr davon.*

Die Erinnerung an den Kuss kehrte in seinen Mund zurück und verdrängte den sauren Geschmack, den er seit dem Besuch im Leichenschauhaus nicht losgeworden war.

Und übrigens, ich möchte, dass du meine Gefährtin wirst.

Das würde bestimmt unheimlich gut ankommen.

Cody versuchte, das Gefühl abzuschütteln. Er sollte, nein er durfte im Augenblick nicht an Heather denken.

Kyle richtete die Fernbedienung auf den Fernseher und drückte die Stummschalttaste, ließ den Blick jedoch auf das Spiel gerichtet. „Hey, Cody.“

„Ja?“

„Willst du einen Rat?“

Codys Kiefer mahlten. „Nein.“

Stille kehrte ein, bis Kyle den Ton wieder einschaltete und Jubellaute den Raum fluteten.

Cody ließ einen weiteren Angriff verstreichen, bevor er einknickte. „Na schön, was?“

„Lass es für heute Abend gut sein. Wir brauchen morgen einen klaren Kopf.“

Cody warf ihm einen harten Blick zu. Dennoch musste er zugeben, dass Kyle recht hatte. Er sollte einen klaren Kopf bekommen. Nur wie? Irgendwo draußen trieben sich Vampire herum. Wer würde ihr nächstes Opfer werden?

Und Heather... Er bekam sie einfach nicht aus dem Sinn. Es war, als hätte sie sich in dem Teil seines Gehirns festgesetzt, der für die Atmung zuständig war.

Als irgendetwas piepte, lehnte sich Kyle über einen Beistelltisch. „Fax von Tina für dich."

Ein waschechtes, altmodisches Fax. Cody seufzte, und sein innerer Wolf heulte. Wahrscheinlich hatte Tina für morgen irgendeine Besorgung, die er erledigen sollte. Wahrscheinlicher noch eine ganze Reihe davon wie das Schleppen von Dünger und das Beschaffen schwer aufzutreibender Teile. Mit solchen Dingen quälte sie ihren kleinen Bruder mit Vorliebe.

Doch als Cody das Fax las, setzte er ein breites Grinsen auf.

Du musst das für mich zu Heather bringen, schrieb Tina. *Beths Bestellungen für die Bibliothek. Will Heather noch etwas hinzufügen, bevor wir die Bestellung morgen früh abschicken?* Darunter hatte Tina die Adresse von Heather gekritzelt. *P. S.: Hoffe, es macht dir nichts aus.*

Nein. Nicht im Geringsten.

Aber unangekündigt mit einem Stapel Papier bei Heather aufzutauchen, fand Cody etwas lahm, deshalb hielt er unterwegs bei einem Laden an. Er wechselte zwischen den Gängen hin und her, geplagt von Unentschlossenheit. Wein erschien ihm zu forsch, Bier zu derb. Stattdessen entschied er sich für zwei Becher Erdbeeren.

Die Gedanken an den Mordfall verflüchtigten sich und wurden durch Bilder von Heather ersetzt. Bereits einen Kilometer von ihrer Adresse entfernt zuckten seine Nasenflügel. Als Cody die letzte Abzweigung in die ruhige Straße nahm, erkannte er ihren orangefarbenen VW, der hier im Westen so fehl am Platz wirkte. Das Auto hatte schon bessere Tage erlebt, genau wie der winzige Mietbungalow. Aber die Lage am Ortsrand war ruhig, und Heather hatte den Gesamteindruck mit Topfpflanzen und einer Vogelfutterstelle aufgewertet. Cody erkannte darin die Farbe der Hoffnung, der Entschlossenheit zu einem Neubeginn. Was ihn noch neugieriger werden ließ. Was hatte sie überhaupt nach Arizona geführt?

Das Schicksal, flüsterte die Wüste.

Er schnupperte. Sie war zu Hause. Alles in ihm geriet in Bewegung, und Cody musste beinah über sich lachen. Andere Männer kamen nach Hause und schnupperten nach dem Abendessen, er kam nach Hause und schnupperte nach seiner Gefährtin.

Dann verbesserte er sich in Gedanken. Er war nicht bei seinem Zuhause.

Sie ist hier, sagte sein Wolf. *Das gilt als Zuhause.*

Er klopfte, indem er mit den Knöcheln neben einen Knoblauchzopf hämmerte. Die meisten Einwohner Arizonas hängten Chilischoten an ihre Türen, aber Heather war anders. Auf so viele faszinierende Arten.

Cody klopfte erneut und trat zurück. Er legte sich die Worte zurecht, die er unterwegs geprobt hatte. Doch kaum hatte Heather die Tür geöffnet, erstarrte er. Weniger wegen des rosa T-Shirts und der hellbraunen Shorts, die sie trug, eher wegen ihres Haars, das er endlich offen zu sehen bekam. Das Licht fiel hindurch und betonte jede der weichen Strähnen, die ihr in langen, goldenen Wellen bis zur Taille reichten. Verschwunden war die Lehrerin. Vor ihm stand eine Kreuzung aus Mädchen und Frau, unschuldig und sinnlich zugleich. Genau wie ihr Duft – ein leichtes, fruchtiges Aroma, als wäre sie gerade in Erwartung seines Besuchs aus der Dusche gestiegen.

Der Geruch erfüllte ihn und verdrängte die zurechtgelegten Worte. Auch alles andere verschwand, ersetzt von einem Tosen in seinen Ohren und Wallung in seinen Adern.

Gefährtin. Sein Wolf seufzte. *Meine vom Schicksal auserkorene Gefährtin.*

Kapitel 8

Ein Klopfen an der Tür an einem Sonntagabend hätte bei Heather eigentlich sämtliche Alarmsirenen zum Schrillen bringen müssen. Normalerweise hätte sie sich bang zusammenkauert und gehofft, wer immer es sein mochte, würde bitte, bitte bald aufgeben und verschwinden.

Und ein Teil von ihr fürchtete sich auch. Der Rest jedoch steuerte forsch auf die Tür zu, verwegen, unerschrocken. Geradezu unbesonnen. Als wäre ihr Hund Buddy bei ihr und erwartete schwanzwedelnd einen vertrauten Freund. Denn die Botschaft lag in der Nachtluft: Freund, nicht Feind.

Langsam, vorsichtig entriegelte sie das Schloss und zog die Tür einen Spalt auf, sicherheitshalber dafür gewappnet, sie prompt wieder zuzuschlagen.

Es war er. Cody. Mehr als ein Freund, das wusste ihr Herz bereits. Jedes Mal, wenn er sie zum Auto begleitete, gab ein weiterer Teil ihres Herzens nach. Und vor zwei Abenden hatte jener Kuss den Rest zum Einsturz gebracht. Sie konnte ihn immer noch auf den Lippen schmecken, seine Hand an der Hüfte spüren. Vor lauter Verträumtheit hatte sich Heather an den eigenen Möbeln gestoßen, Tee in ihr Müsli geschüttet und immer wieder wegen Verabredungen, die sie nicht hatte, auf die Uhr geschaut.

Codys Augen funkelten hinter dem Blau golden wie Münzen in einem alten Brunnen. Der Mann trug eine ausgebleichte Jeans und ein beiges Hemd, alles dezente Töne, nur in den Händen hielt er etwas Saftig-Rotes. Die Wüste hinter ihm wirkte so still, als würde sie gespannt lauschen.

Eine Minute lang starrten sie sich gegenseitig schweigend an. Stille herrschte, abgesehen von einem sehr leisen Summen.

Es klang wie von einem Kraftwerk abgestrahlte Elektrizität, aber es stammte aus der Luft zwischen ihnen. Oder vielleicht auch aus der durstigen Erde zu ihren Füßen, die wie unter dem Takt einer urzeitlichen Trommel vibrierte.

Die träge, sinnliche Lust, die davon ausging, schlängelte sich um Heathers Beine und kletterte ihren Körper hoch. Bald würde sie von dem pulsierenden Verlangen vollständig umhüllt sein. Spürte Cody es auch? Schweigend stand sie vor ihm und fragte sich, was da mit einer knappen, eindringlichen Botschaft an ihr zerrte: *Cody! Cody!* Es fühlte sich wie ein Ruf an, der einen Bären aus dem Winterschlaf weckte oder eine Blume zum Erblühen aufforderte. Jedes Molekül ihres Körpers wurde in seine Richtung gezogen.

„Hi." In Codys sonst so klarer Stimme schwang an diesem Abend eine raue Schotternote mit.

„Hi", hauchte Heather. Zumindest bildeten ihre Lippen das Wort, während ihr Herzschlag laut in ihren Ohren pochte.

In ihrem Kopf schrillten Alarmsirenen. *Vertrau ihm nicht! Vertrau niemandem!*

Seine Lippen teilten sich, als wollte er etwas sagen, dann jedoch schlossen sie sich wieder. Sie konnte den Kuss schmecken, der sich auf ihnen bildete, während er sie musterte – nicht so wie manche Männer, abwägend und derb. Nein, sein Blick wirkte sanft und aufrichtig. Und hoffnungsvoll. Aber er hielt sich zurück und überließ ihr die Gestaltung der nächsten Momente.

Gefahr! Gefahr! Du weißt nicht, was er tun wird!

Heather drängte ihre innere alte Jungfer beiseite und schwang die Tür auf. „Willst du reinkommen?"

Cody grinste wie ein Junge, dem eine Keksdose angeboten wird und der versucht, sich seiner Manieren zu besinnen, als er über die Schwelle trat. „Tina hat mich gebeten, dir das zu geben." Er reichte ihr ein schlaffes Bündel Papier. Mit der anderen Hand streckte er ihr eine Packung Erdbeeren entgegen. Saftig. Süß. Die Früchte bettelten geradezu darum, genossen zu werden.

Mit anderen Worten eine Versuchung, die Heather annehmen oder ablehnen konnte.

Innerlich zitterte sie. Ihr Mund wurde trocken, ihr Puls raste. Sie anzunehmen, verhieß ein Risiko – für ihr Herz, vielleicht sogar für ihr Leben. Sie abzulehnen, bedeutete, sich von einem lebenswerten Leben abzukapseln.

Heather nahm die Erdbeeren an. Rein instinktiv – der inneren Stimme blieb keine Zeit, sich einzumischen. Sie reagierte erst, als es bereits zu spät war. *Ich hoffe, du weißt, was du da tust.*

Na ja, nein. Sie hatte keine Ahnung, was sie tat, abgesehen davon, dass sie ihren Instinkten folgte und Cody vertraute. Während sie die Beeren abwusch, beobachtete sie verstohlen, wie er eine Runde durch ihr Wohnzimmer drehte. Er ließ alles auf sich wirken, von der gebrauchten Couch bis hin zu den Wüstenlandschaften, die Heather aus einem alten Kalender ausgeschnitten und als Dekor an die Wände gehängt hatte. Alles improvisiert, genau wie das Stück Pappe, das sie benutzt hatte, um die Beine des klapprigen Tischs auszugleichen. Gott, was würde er sich nur denken?

Er beugte sich über ein gerahmtes Foto. „Schöner Hund.“

Ein Trick! Ein Trick! Sei vorsichtig!

„Buddy.“ Sie lächelte.

„Buddy?“ Er lachte.

„He, ich war neun, als ich ihn getauft habe!“ Sie stemmte die Hände in die Hüften. „Und er war der beste Hund aller Zeiten.“

Er betrachtete das Bild eingehend, dann bedachte er sie mit einem skeptischen Blick. „Er?“

Dieser Hund hatte ihr nähergestanden als die meisten ihrer Angehörigen. An seiner Schulter hatte sich Heather während der Scheidung ihrer Eltern ausgeweint. Und bei den anschließenden neuen Ehen mit Partnern, die Heather nach und nach verdrängt hatten. Von ihrem neunten Geburtstag an bis zu jenem schrecklichen Tag ein Jahrzehnt später, dem Tag von Buddys Tod, war er immer für sie da gewesen.

„Der Beste, den man sich vorstellen kann.“

Codys Augen funkelten. „Besser als Lassie, die Hundeheldin?“

Heather lachte. Er hatte genau den richtigen Moment gewählt, um die Atmosphäre aufzulockern. Sie war entschieden zu angespannt. „Viel besser."

„Besser als Rin-Tin-Tin?"

„Eine völlig andere Liga."

Er zog die Augenbrauen hoch. „Was ist mit Benji? Weißt du, Benji konnte sogar Verbrechen aufklären." Seine Augen funkelten belustigt.

Unbeeindruckt schüttelte sie den Kopf. „Buddy musste keine Verbrechen aufklären, weil er so gut darin war, Ärger fernzuhalten."

Cody schüttelte skeptisch den Kopf. „Ein großer Hund."

„Ich mag große Hunde."

Er legte den Kopf schief. „Wie groß?"

„Groß eben." Was sollte das werden, eine Freud'sche Psychoanalyse? Heather verließ die Küchenzeile mit den Erdbeeren in einer Schüssel und bemühte sich, ein Zittern ihrer Hand zu unterdrücken. „Dessert?"

Cody grinste, und sofort spürte sie, wie ihr Hitze ins Gesicht schoss, als sie errötete.

Trau niemals einem Mann! rief die ängstliche Stimme in ihr. Doch diesmal klang sie entfernt, als hätte jemand sie am Kragen gepackt und durch die Hintertür hinaus in den Abend komplementiert. *Vertrau niemandem...*

Cody schnappte sich eine Erdbeere und fuhr mit seiner Inspektion fort. Er hielt ein Foto von Heather und Cathy ins Licht. Beiden trugen darauf Trikots und überkreuzten ihre Hockeyschläger.

„Feldhockey, hm?"

Sie zwang sich zu einem unbeschwerten Tonfall, obwohl sich ihr bei der Erinnerung an Cathy die Eingeweide zusammenkrampften. „Ich habe am College gespielt."

„Lass mich raten. Verteidigung."

Heather runzelte die Stirn. Kam sie wirklich so rüber? Ständig wachsam, immer auf der Hut? Sie schüttelte den Kopf. „Mittelfeld." Wo man die meisten Kilometer abspulte. Wie schon ihr Leben lang.

„Du siehst ganz schön gefährlich aus mit dem Stock."

„Das kannst du aber laut sagen.“ Sie täuschte ein Schmunzeln vor. „Tatsächlich habe ich ihn immer noch im Auto. Ich komme nie dazu, ihn herauszuholen.“ Den Rest ließ sie weg – nämlich, dass der Stock seit Buddys Tod einen Teil der Leere auf dem Rücksitz füllte. Buddy mit seinen langen, im Wind schlackernden Ohren.

„Dann sollte ich mich wohl besser benehmen.“ Er sah Heather an, als wäre sie das nächste Foto, das er genau betrachten wollte. Dabei griff er sich eine weitere Erdbeere.

Als sich ihr Puls sprunghaft beschleunigte, huschte sie um ihn herum und schob die quietschende Terrassentür auf. Normalerweise ließ sie die Tür abends immer geschlossen, doch in ihr regte sich ein unbändiger Drang. Mesquite vom Grill des Nachbarn wehte zusammen mit dem Muskataroma der nachtduftenden Blume herein. Ein Geruch, der endlose Weiten vermittelte, endlose Möglichkeiten.

„Scorpio ist noch auf“, flüsterte Cody an ihrer Schulter.

Sein Geruch mischte sich zu den anderen. Unverkennbar Cody, wie ein Strand um Mitternacht: warm und einladend. Aber Gefahr war bei diesem Mann nie weit entfernt. Sie konnte die in ihm geballte Stärke spüren. Sogar beinah um ihn herum, wie ein Kraftfeld. Wenn sie nah genug bei ihm stand, würde es vielleicht auch sie schützen.

Oder es könnte sie mit einem Stromstoß töten.

Eine Hand fasste um sie herum und tastete über den Stapel der Erdbeeren, bevor sie sich für eine entschied. Die Frucht bewegte sich direkt an ihrem Ohr vorbei und verursachte ein sinnliches Geräusch, während Heather vom Geruch das Wasser im Mund zusammenlief. Sie konnte sich vorstellen, wie sich seine Lippen um die Erdbeere schlossen und seine Finger den Stiel herauszogen.

Oh, was gäbe sie nicht dafür, wieder mit ihm zu tanzen. In diesen Armen ihre Ängste abzuschütteln. Die körperliche Nähe köderte sie verlockend, nicht nur für einen kurzen Kick, sondern als Portal zu mehr. Aber wie sollte sie vorgehen?

Die wenigen Männer, mit denen Heather geschlafen hatte, waren alle zuerst Freunde gewesen. Es war immer so abgelaufen, dass eins zum anderen geführt hatte, bis sie beide nackt gewesen waren. Heather hatte noch nie mit einem Fremden geschlafen, sich nie nach zu vielen Drinks oder ein paar hitzigen Blicken hinreißen lassen. Cody war zwar kein Fremder, aber auch nicht wirklich ein Freund. Und doch flüsterte die Wüste ihr seinen Namen zu, wieder und wieder.

Sie schloss die Augen und lauschte. Eine ferne Stimme hatte sich dem Gemurmel angeschlossen. Stimmen? Nein, ein Jaulen – das Heulen von entfernten Kojoten. Suchend sah sie sich um, als würde der hohe Zaun ihres tristen Gartens ihr nicht die Sicht versperren. Sie stellte sich die Kojoten vor, aufgereiht entlang einer von Büschen bewachsenen Erhebung, die Schnauzen gen Himmel gestreckt. Heather liebte dieses Geräusch. Das war ein Grund, warum sie keinen Fernseher und keine Stereoanlage brauchte: Die Wüste bot genug an Unterhaltungsprogramm. Die Grillen fungierten als Nachrichtensprecher, die Eidechsen mimten die Stars in Actionfilmen. Vögel sangen Arien, Kojoten führten ganze Symphonien auf. Im Augenblick wärmten sie sich auf, stimmten sich auf die richtige Tonart ein.

„Komisch", murmelte Heather. „Bevor ich nach Arizona gekommen bin, dachte ich immer, Kojoten heulen nur bei Vollmond."

Cody schnaubte. „Ein häufiges Missverständnis. Die heulen immer dann, wenn es sich richtig anfühlt. Wann immer die Nacht es von ihnen verlangt."

Die Vorstellung wärmte ihre Seele wie ein heißes Getränk. Tun, was sich richtig anfühlte. Den Empfindungen der Nacht folgen. Wenn sie das nur auch könnte. Cody so nah zu sein, fühlte sich richtig an. Und was die Nacht andeutete... Nun, Heather war schon lange nicht mehr so in Versuchung geraten.

Aus dem Augenwinkel beobachtete sie verstohlen, wie Cody den Kojoten lauschte. Sein Gesicht zuckte bei jeder Tonänderung der Melodie, als verfolgte er eine Unterhaltung. Ein Lächeln, ein Nicken, der Kopf neugierig schiefgelegt. Was hatte es mit diesem Kerl auf sich?

Er verkörperte den Inbegriff eines Mannes in seinem Element, in seinem Revier. Was gäbe Heather nicht für dasselbe Gefühl. Ihre Kindheit hindurch war sie zwischen Heimen und Sommerlagern gependelt. Irgendwo zugehörig hatte sie sich nur auf dem Hockeyfeld gefühlt. Einem klar umrissenen, grünen Rechteck. Cody konnte sich glücklich schätzen. Der Ort, an den er gehörte, strahlte etwas Magisches, beinah Mystisches aus.

Und ein Teil seiner Aura vermittelte den Eindruck, der Ort gehörte ihm. Das hatte sie schon auf der Ranch wieder und wieder gespürt. Der Mann besaß eine natürliche Autorität. Aber er wirkte auch rastlos. Was wäre nötig, um ihn zu vervollständigen?

Heather stellte die Erdbeeren beiseite und drehte sich Cody zu. Dabei wünschte sie geradezu verzweifelt, er würde damit beginnen, was sie beide wollten. Aber er hielt sich zurück, überließ ihr die Führung, obwohl seine stockende Atmung verriet, wie schwer es ihm fiel. Sie liebte ihn dafür, hasste jedoch, was es über sie aussagte. Vermittelte sie wirklich einen so zerbrechlichen Eindruck?

Gott, und vielleicht stimmte es ja. An einem dunklen Freitagabend in einer Gasse angegriffen zu werden, konnte so etwas schon bei einer Frau bewirken. Ausnahmsweise erfüllte die Erinnerung sie mit zorniger Entschlossenheit statt mit Furcht. Sie war aus jener Gasse entkommen und hatte ein neues Leben begonnen. Hier. Jetzt.

Nervös trat sie vor und legte die Hand auf Codys Brust. Unter der weichen Baumwolle seines Shirts spürte sie massiven Stahl, der sich unter ihrer Berührung wärmte. Mit halb geschlossenen Lidern neigte sie den Kopf und stellte sich vor, wie seine Lippen zart und süß über ihre strichen.

Die Kojoten sangen weiter, erst in hohen, hoffnungsvollen Tönen, dann in tiefen, die einsam klangen.

Und einfach so beschloss Heather, dass sie genug vom Warten und Wünschen hatte. Genug von Einsamkeit. Mit dem nächsten Atemzug beugte sie sich vor und visierte mit den Lippen Codys Mund an.

Kapitel 9

Heather legte alles in den Kuss – all ihre Freude, ihren Kummer, ihre Hoffnung. Sie presste den gesamten Körper an seinen und genoss den Erdbeergeschmack auf seinen Lippen. Muskelbepackte Arme legten sich um ihre Taille. Sie verschränkte die Arme ihrerseits hinter seinem Nacken. Der Mann glich einem Kamin in einer kalten Winternacht, strahlte Wärme und Geborgenheit aus.

Eine Pause, ein Atemzug. Er wartete auf sie. Gott, sie brauchte Hilfe. Wie sollte sie vorgehen?

„Cody, hilf mir“, flüsterte sie und fädelte die Finger in sein Haar.

In seine Züge trat dieses Grinsen eines Huckleberry Finn. „Wobei?“

„Das weißt du.“

Seine Lippen näherten sich ihrem Ohr. „Tu so, als wüsste ich es nicht.“

Sie atmete tief ein, fest entschlossen, die alte Heather aus sich herauszukehren. „Cody, ich will dich.“

Seine Lippen neckten ihr Ohr. „Du willst mich wofür?“

Ihre Kiefer mahlten, während sie sich stählte. Er brauchte also eine deutlichere Botschaft? Na schön! Konnte er haben. Sie stürzte sich in einen tiefen, feuchten Kuss und nickte sich innerlich zu. Als sie sich zurückzog, war Huckleberry Finn verschwunden. An seiner Stelle stand ein äußerst überraschter Cody.

„Wow“, hauchte er.

Ganze drei Sekunden lang bewunderte sie den eigenen Mut, bevor sie sich eine weitere Kostprobe genehmigte. Und herrje – sie fühlte sich bereits nach einem schnellen Kuss süchtig.

Und Codys Lippen wechselten rasant von überrascht zu hungrig, und er zog sie an sich. Jeder Quadratzentimeter ihres Körpers fand an ihm ein kuschliges, behagliches Zuhause. Etwas stieg in ihr hoch. Etwas – oder alles auf einmal: Freude, Kummer, Sehnsucht, Verlangen. Und es fand Ausdruck in einem leisen Stöhnen.

Wenig später zog sich Cody zurück und atmete schnappend ein wie ein Schwimmer, der nach einem zu tiefen Tauchgang an die Oberfläche durchbricht. Einige stille Augenblicke lang lehnte er die Stirn an ihre und sammelte sich.

„Du lässt mich zu weit vorgreifen“, flüsterte er. „Wie wär’s, wenn wir es richtig machen?“

Richtig war nicht, was Heather brauchte, sondern *sofort.* Dennoch nickte sie und beobachtete, wie sein Lächeln breiter wurde. Dann küssten sie sich erneut, diesmal bedächtiger. Anschließend kitzelten seine Lippen ihr Ohr. „Weißt du, wir müssen noch diesen Tanz beenden.“

Während sie ihn festhielt, spürte sie, wie sich seine Füße bewegten und sich sein Körper wiegte. Etwas vibrierte an ihrer Brust, ein stetes, gleichmäßiges Brummen, das von ihm ausging. Eine Weile tanzten sie langsam auf der Stelle, bis Cody die Hand hob und Heather mit der anderen sanft durch eine Drehung führte. Danach zog er sie wieder an sich, nunmehr mit ihrem Rücken an seiner Brust, und er verschränkte die kraftvollen Arme vor ihr.

Heather schnurrte praktisch, als er die Hände auf ihre Hüften senkte.

„Berühr mich“, hörte sie sich flüstern und führte gleichzeitig seine Finger unter ihr Shirt. Weg von der neutralen Zone ihrer Taille, hinauf zu den unteren Rippen.

Schön, dachte sie, bevor sie es laut murmelte.

„Hier?“ Seine Stimme grollte durch ihren Oberkörper, seine Hände wanderten höher.

„Überall.“ Damit entlockte sie ihm ein Lächeln. Heather spürte es am Ohr.

Sie hielt den Atem an, als sich Codys Finger über die Erhebungen ihrer Rippen zum Rand ihres BHs tasteten. Gleichzeitig liebkoste sein Mund den empfindsamen Übergang von ihrer Schulter zu ihrem Hals. Er löste eine Hand von ihrem Oberkörper, strich mit den Fingern durch ihr Haar und kämmte es so zart, dass sie beinah wohlig geseufzt hätte. Seine Lippen spielten mit der Haut an ihrem Hals, erst sanft, dann leidenschaftlicher, bis er hörbar einatmete und aufhörte. Heather wollte mehr, doch er strich ihr nur das Haar über den Hals und führte die Nase an ihr Ohr. Die Hand kehrte zu der anderen zurück, und Heather konzentrierten sich wieder darauf, wie beide langsam von ihren Rippen zu den Rundungen ihrer Brüste wanderten.

„Hier?“, flüsterte Cody.

„Mmmm“, war alles, was sie herausbrachte.

Jede verstreichende Sekunde überzeugte sie mehr, dass Cody nicht bloß einem lang vermissten Freund gleichkam. Eher einem lang vermissten Liebhaber, nach dem sie sich ein Leben lang verzehrt hatte. Als er die Finger durch den Stoff des BHs um ihre Nippel kreisen ließ, unterdrückte sie ein lustvolles Stöhnen. Ihre prallen Brüste füllten seine Hände. Verblüfft darüber, wie neu sich diese Erfahrung anfühlte, schloss sich Heather seinen Berührungen an und ahmte seine Bewegungen mit den eigenen Daumen nach. Bisher waren ihre sexuellen Begegnungen immer verspielte, lustige Angelegenheiten gewesen. In diesem Fall erlebte sie heiße Leidenschaft, ein unwiderstehliches Verlangen, das sie dazu brachte, sich das Shirt über den Kopf zu streifen und es beiseite zu werfen.

„Lass mich dir helfen“, flüsterte Cody.

Und das war gut so, denn ihr Körper schmolz gerade dahin. Sie lehnte sich an ihn, gab sich ihm hin. Warum? Weil sie es wollte – nein, weil sie es *brauchte*. Es sogar verdiente. Ein wenig Zärtlichkeit in einem Leben, das sich sonst nur noch um nacktes Überleben drehte.

„Warte“, murmelte Cody und zog ihre Hände über den Kopf. Er führte sie durch eine langsame Pirouette, die damit endete, dass sie sich von Antlitz zu Antlitz, von Mund zu Mund gegenüberstanden. Während ihre Zungen einen eigenen genüsslichen Tanz begannen, legten Heathers Finger einen Tango mit den Knöpfen seines Hemds hin. Als sie den Stoff über seine Schultern zurückschob, konnte nicht anders, als ein zweites und ein drittes Mal über sie zu streichen und sich an seiner unübersehbaren Kraft zu laben.

Die Kurven ihres Körpers schmiegten sich perfekt an seinen. Was hatte Cody bei ihrem ersten Tanz noch mal gesagt? *Wir sind füreinander geschaffen.* Es musste wohl stimmen, denn eigentlich hatte sie immer zwei linke Füße gehabt – bis jetzt.

Cody schob die Finger unter ihren BH und ließ ihn verschwinden. Eine halbe Drehung später hatte sie ihn des Hemds entledigt. Ihre Körper kamen sich näher, wurden heißer. Nach einer weiteren Drehung flatterte eine weitere Schicht Kleidung beiseite. Heather glich einer Ballerina auf einer Spieluhr, halb Instinkt, halb Kunst. Ihre Shorts rutschten Zentimeter für Zentimeter zu Boden, in sinnlicher Zeitlupe gefolgt von Codys Jeans.

Nach zwei weiteren halben Umdrehungen fielen auch Slip und Boxershorts. Und wow: Es fühlte sich anders an – vollkommen anders! –, als wenn nur eins zum anderen führte. Was sich hier abspielte, erfolgte bewusst und war unvermeidlich. Als hätte das Schicksal ihr Herz bisher zurückgehalten, damit es sich an diesem Abend für Cody öffnen konnte. Hauchzart fuhr sie mit den Lippen seinen Hals entlang und spürte, wie sich sein Puls dicht unter der Haut beschleunigte. Sie wollte gerade ein Bein um seine Hüften schlingen und sich gegen seine Erektion pressen, als Cody einen Gang zurückschaltete wie ein übervorsichtiger Bär ohne jede Eile. Wusste er denn nicht, dass sie schon nicht zerbrechen, verwelken oder weinen würde?

„Cody, bitte“, stieß sie stöhnend hervor.

Sein Atem kitzelte sie am Hals. „Bald.“

Seine Hände wanderten gemächlich zu ihren Hüften und schlängelten sich näher zu ihrer Scham. Indes wiegte Heather die Hüften abwechselnd nach vorn zu seinen Händen und nach hinten zu seiner Härte.

Und dabei hatte sie gedacht, sie hätte Männern abgeschworen. Ha! Diesen hätte sie am liebsten verschlungen.

„Cody...“ Gott, nun bettelte sie auch noch. Aber kümmerte es sie?

Nein. Umso weniger, da er ihr wieder und wieder ihren Namen ins Ohr flüsterte. Und ihren Körper mit jedem seiner unregelmäßigen Atemzüge geradezu anbetete. Der Mann glich einem Midas der Seele, der alles in ihr in Gold verwandelte. Er schob erst einen Finger in sie, dann noch einen. Heather fasste mit einem Arm nach hinten und legte ihn um eine Säule heißer Lust, die sich wie lebendiger, unter ihrer Berührung pulsierender Marmor anfühlte. Als Cody die Finger in ihr krümmte, wandelte sie hart am Rand einer sehr tiefen Schlucht der Ekstase.

„Oh!", schrie sie auf und zuckte vor schierem Verlangen.

Und wow: Wie konnte es überhaupt möglich sein, so schnell zu kommen? Andererseits schien mit Cody alles möglich zu sein. Doch es wäre so viel schöner, es hinauszuzögern, statt es zu überstürzen. Also kämpfte sie um Kontrolle, obwohl ihr Körper darum bettelte, sich fallen zu lassen.

Nach und nach nahm sie verschwommen wieder den Anblick der Terrassentür wahr, und gleich darauf wollte sie alles. Nicht mehr wie eine Ballerina, sondern wie eine Besessene drehte sie sich in seinen Armen. Ihr Kuss wurde tief und fordernd, ihr Bein schlang sich um seines.

Cody knurrte. Ein echtes Knurren. „Schlafzimmer?"

Sie schüttelte den Kopf. „Gleich hier. Sofort."

Er lachte leise, bevor er sie beide auf den Teppich senkte. Vertrieb sich der Mann die Freizeit mit Eiskunstlauf, dass er eine Frau so geschickt durch die Luft manövrieren konnte? Sie spreizte die Beine, und ihre Fersen erklommen erst seine Waden, dann seine Oberschenkel. Wie von selbst streckten sich ihre Arme über den Kopf, als wolle sie erneut im Kreis gedreht werden. Er ergriff ihre Hände und hielt sie fest.

Was als Nächstes folgte, konnte Heather nicht bewerten, weil es schlichtweg ihre Skala sprengte. Das Gefühl seiner harten Länge, aufreizend an ihrer Pforte, während sein Blick in ihren Augen ein flehentliches *Ja* fand. Sein warmes, gleitendes Eindringen in sie. Sein Atem auf ihrer Wange, begleitet von einem gedämpften Stöhnen. Ihre Laute fielen deutlich weniger subtil aus.

Dann zog er sich zurück und murmelte: „Kondom. Bin gleich wieder da."

Heather fasste in die plötzliche Leere, erfüllt von Sehnsucht durch den unverhofften Verlust. Aber Cody kehrte im Nu zurück und streifte das Kondom über. Sie hätte es gern selbst getan, nur zitterten ihre Finger zu sehr dafür. Dann eben nächstes Mal.

Cody grinste sie an. Las er etwa ihre Gedanken?

Im Kopf ließ sie die von ihr ersehnte Szene ablaufen und achtete darauf, dass keinerlei Zweifel verblieben. Ja, nächstes Mal. Tatsächlich wünschte sie sich noch viele nächsten Male.

Der Terrassenvorhang wehte in der Brise und kitzelte ihr Bein, als wollte er dem Plan zustimmen. Als Cody mit dem Kinn über ihre Wange schrammte, fasste sie auch das als ein Ja auf.

Und als er wieder in sie glitt, fühlte es sich an wie der erste Regen nach einer langen Dürre. Empfindungen fluteten Heather, als Cody die wiegenden Bewegungen beschleunigte. Schweiß glänzte auf seiner Brust. Heather ertappte sich dabei, dass sie die Hüften in seinem Takt vom Boden stemmte. Und dass sie instinktiv richtig mitspielte, bestätigte ihr das zunehmende Leuchten seiner Augen. Ein echtes Leuchten wie bei einem Tier in der Nacht. Heather führte den Eindruck auf ihren von Erotik berauschten Zustand zurück. Sie sah Sternchen und alle möglichen pulsierenden Lichter, warum also nicht auch ein Leuchten? Es drang sogar durch ihre Lider, als sie die Augen schloss. Sie spürte, wie Cody tiefer zustieß, so hart und schnell, dass es eigentlich schmerzen müsste. Stattdessen schwebte sie und umklammerte ihn so fest, dass sie unwillkürlich mitgerissen wurde, als sein Höhepunkt ihn erschütterte.

„Ja...“ Sie stöhnte lang und intensiv.

Nach und nach verhallte ihre Stimme, und sie sackte an ihn. Ein Muskel nach dem anderen entspannte sich und vertraute darauf, dass ihr Geliebter sie ins nächtliche Land der Fantasie entführen würde.

Kapitel 10

Die erste Runde glich einem Traum. Bei der zweiten Runde landeten sie im Bett. Mit einem Atemzug nahm Heather noch Codys Duft einer Meeresbrise tief in sich auf, mit dem nächsten versank sie in Schlaf.

Und in dem Albtraum.

„Heute Abend leben wir mal gefährlich“, verkündete Cathy.

Jedes Mal, wenn Heather den Albtraum durchlebte, begann er mit diesen Worten. Hätte sie nur damals ihre Warnung gebrüllt.

Warum sie auf Cathy gehört hatte, konnte sie sich nicht erklären. Ausgelassene Freitagabende in Techno-Clubs waren eigentlich gar nicht ihr Ding. Aber wie oft konnte sie das Drängen ihrer besten Freundin schon ablehnen, endlich mit ihr um die Häuser zu ziehen?

„Ich kann's kaum erwarten, dir Alon vorzustellen“, quiekte Cathy und zupfte sich die Frisur zurecht. Sie hatte die ganze Woche von ihm geschwärmt und dabei Begriffe wie *aristokratisch*, *sinnlich* und *heiß* benutzt. „Und er hat Freunde!“ Sie zwinkerte.

Der schummrige Club erwies sich als brechend voll. In der Düsternis wiegte sich ein Gewimmel von Leibern. Die wummernde Musik dröhnte so laut, dass Heather beinah spüren konnte, wie der Schall ihr das Blut durch die Adern presste. Sie war noch kaum richtig eingetreten, schon hielt sie Ausschau nach einem Ausweg.

„Da ist er!“ Cathy deutete in den hinteren Teil des Clubs und bahnte sich einen Weg durch die Menge.

Zwei Männer standen dort und zeichneten sich nur als Schemen an der gegenüberliegenden Wand ab. Sie wirkten groß und kantig, hatten rabenschwarzes Haar, das sogar in den Schatten glänzte. Fein geschnittene Wangenknochen in merkwürdig blassen Gesichtern verliehen ihnen das Aussehen von Dressmen der Oberliga. Aber während Heather sich ihnen näherte und die beiden sie dabei beobachteten, schnürte ihr ein Gefühl von Kälte die Kehle zu. Am liebsten hätte sie sich umgedreht, die Flucht ergriffen und Cathy mitgeschleift.

Aber es war zu spät.

„Alon!“ Cathy stürzte sich praktisch in einen Kuss.

Der Mann ließ sie gewähren, hatte den Blick jedoch fest auf Heather gerichtet. Und ließ sie die ganze Nacht nicht mehr aus den Augen.

Nicht, als sie zur Toilette ging, wo sie sich vorsagte, dass sie sich beruhigen sollte. Nicht, als sie am Tisch vorsichtig von ihm wegrutschte. Jeden Zentimeter, den sie so gewann, saugte er förmlich auf und rückte wieder näher. Der Mann glich einem schwarzen Loch mit Kurs auf sie, und Heather konnte nur hilflos im luftleeren Raum des Alls fuchteln.

„Heather“, sagte Alon irgendwann. Jeder Silbe strotzte dabei vor Gier. Der Mann atmete kaum, bewegte sich kaum. Er erinnerte an eine angriffsbereite Großkatze, die ihre Beute mit hypnotisierenden Augen studierte. „Erzähl mir von dir, Heather.“

Irgendetwas breitete sich in ihr aus, während er sprach. Ein Zaubertrank? Ein Gift? Sie hatte keine Ahnung, wusste nur, dass es ihr schwerfiel, sich auf irgendetwas anderes als auf sein Gesicht zu konzentrieren. Ihre Gedanken fühlten sich entfernt an, gedämpft. Richtig nahm sie nur ein heißes Aufflammen von Lust wahr, als sich Alon zu ihr beugte und ihren Hals anstarrte. Seine Nasenflügel blähten sich, und er wechselte einen Blick mit seinem Freund.

Hätte nicht jemand den nahen Notausgang aufgestoßen, Heather hätte die Augen geschlossen und Alon gewähren lassen. Aber die kalte, frische Luft fuhr ihr wie ein Schlag ins Gesicht und warf ihren Denkapparat wieder an. Großer Gott, hatte der Mann ihr etwas in den Drink getan?

Raus! Raus hier, verdammt! brüllten ihre Instinkte.

Sie versuchte, Cathy mitzuziehen, doch der Blick ihrer Freundin wirkte trüb und lüstern. Geradezu verhext. Als Heather erneut an ihr zog, schlug Cathy ihre Hand weg, und Alon setzte ein frostiges Lächeln auf, als wollte er sagen: *Siehst du? Sie unterwirft sich meinem Ruf. Und schon bald wirst du das auch.*

Heather entfernte sich rückwärts, bevor sie sich umdrehte, durch die Menge pflügte und durch den Notausgang hinausstürmte. Nach der stickigen Atmosphäre im Club empfand sie die kühle Luft auf der Straße als Wohltat. Sie fühlte sich reiner und klarer, als sie Frische einatmete.

Bis die Tür des Clubs aufschwang.

„Du willst schon gehen?“ Alons Stimme ertönte tief und seidig.

Mit schnellen Schritten entfernte sich Heather, konnte sich nur mit Müh und Not davon abhalten, zu rennen. Ein Blick zurück offenbarte lediglich Schatten. Als sie sich wieder nach vorn drehte, stand da Alon. Unmittelbar vor ihr, die Hand um ihren Arm geklammert. Vor Schreck erstarrte sie mitten im Schritt. Wie konnte er sich so schnell bewegen?

Als Alon die andere Hand ausstreckte und ihre Wange streichelte, fühlte sich seine Haut kalt und klamm an. Beinah wie die eines Reptils. Außerdem wirkte sie unnatürlich glatt. Die Fingernägel erwiesen sich als perfekt gepflegt.

Wie ein Reh, das sich im Scheinwerferlicht eines heranrasenden Lasters für den Zusammenstoß wappnet, harrte Heather ihres Verderbens. Alons Hand strich ihr das Haar hinters Ohr und legte sich dann auf ihren Hals. Verdammt noch mal, warum konnte sie sich nicht rühren? Warum konnte sie nicht schreien?

Mittlerweile befand sich die Hand hinter ihr und zog sie näher zu ihm, während Alon den Kopf neigte. Ein roter Schimmer umrahmte seine Augen, seine Zähne blitzten weiß auf. Oder waren es eher Fänge?

Heather stockte der Atem. Um ein Haar hätte sie aufgehört zu denken. Dann setzten ihre Überlebensinstinkte ein, und sie kämpfte darum, sich zu befreien.

„Warte, meine Liebe. Warte. Du wirst sehen, wie gut du dich bei mir fühlst." Lächelnd verstärkte Alon den Griff und bohrte die Fingernägel tief in ihre Haut.

Und das legte einen Schalter in Heather um. In jenem Moment der Geistesgegenwart rammte sie ihm das Knie in den Schritt und wand mit einem Ruck ihr Handgelenk frei. Dann stolperte sie weg, entsetzt von dem hungrigen Flackern in Alons Augen. Es war der Blick eines Jägers, der mit seiner Beute spielen wollte.

Ohne die halb betrunkene Junggesellenabschiedsgruppe, die in dem Moment um die Ecke torkelte, wäre Heather so gut wie tot gewesen.

„He, Süße, steig bei unserer Party ein!" Prompt packte einer der Junggesellen sie am Arm und zog sie mit sich. Heather ging bereitwillig mit und spürte, wie sich Alons Blick während des Wegs durch die Gasse in ihren Rücken bohrte, bis sie um die nächste Ecke bog. Sogar danach konnte sie noch seine auf sie gerichtete Gegenwart fühlen.

Als ein Polizeiauto vorbeifuhr, hätte sie beinah um Hilfe geschrien. Aber wie würden die Beamten auf eine Frau reagieren, die aus einem Club stolperte und einen Vampir meldete? Wahrscheinlich würde man eher sie verhaften, nicht ihn. Also rannte sie den ganzen Weg nach Hause, verriegelte die Tür und ließ sämtliche Jalousien herunter. Am Ende schloss sie sich für den Rest der Nacht im Badezimmer ein, in einer zitternden Hand das Telefon, in der anderen ein Küchenmesser. Dabei wünschte sie verzweifelt, Buddy hätte länger gelebt, und sei es nur, um ihr durch diese schreckliche Nacht zu helfen.

Ein Kribbeln, wo Alon sie am Hals berührt hatte, verriet ihr, dass sie ihn keineswegs los war. Sie glich eher einem Fuchs, dem man einen Vorsprung ließ, um die Hetzjagd interessanter zu gestalten.

Die restliche Nacht hindurch rief Heather jede halbe Stunde bei Cathy an, ohne sie zu erreichen. Sie setzte die Versuche am nächsten Tag fort, und mit jeder verstreichenden Minute wurden ihre Nerven ausgefranster. Schließlich fasste sie sich ein Herz und fuhr zu Cathys Wohnung. Dort stieß sie auf die Polizei inmitten von betroffenen Nachbarn, die fassungslos die

Köpfe schüttelten. *Was für ein schreckliches Verbrechen.* Die Frau mochte eine wilde Ader gehabt haben, tuschelten sie, aber das hatte sie nicht verdient. Vergewaltigt, verprügelt, rituell ausgeblutet.

Heather stand regungslos dort und starrte hin.

Cathy war tot, Opfer irgendeiner sadistischen Gruppe. Was für ein Monster würde so etwas tun? Das vermochte niemand zu sagen.

Niemand außer Heather.

Innerhalb einer Stunde hatte sie hastig ein paar Taschen gepackt uns ins Auto verfrachtet, so viel Bargeld abgehoben, wie ihre Karten zuließen, und sich auf den Weg gemacht. Irgendwohin. Nur weg von den rötlichen Augen, die so stechend die Nacht durchbohrten. Augen, die sie nun im Schlaf anstarrten.

Abrupt setzte sie sich auf und schrie. Ihr Herz raste, als sie erkannte, dass die schwieligen Hände an ihr die von Cody waren und das Rot von ihrem Wecker ausging. Aber die Flügelschläge draußen waren echt – Fledermäuse, die sich in die Luft erhoben. Hatten sie wieder von ihrem Dach gehangen?

Als sie an Codys Brust zusammensackte, schmiegte er sich an sie und flüsterte leise.

Langsam entspannte sie sich. Wenn dieser harte Körper sie nicht vor Schaden bewahren konnte, dann konnte es gar nichts.

Aber sie verlor kein Wort über ihren Albtraum. Cody würde sie in die nächste Psychiatrie einliefern, wenn sie Vampire erwähnte. Also nein. Kein Wort davon würde über ihre Lippen dringen. Sie war aus jener Welt in seine geflüchtet, und verdammt, sie würde darin Zuflucht suchen, so lange sie konnte.

„Alles in Ordnung?“, flüsterte Cody.

Heather zwang sich zu einem Nicken und einer Lüge. „Alles gut.“

Kapitel 11

Cody atmete Heathers süßen Duft ein und hielt sie fest, während sie schlief. Doch so fest er die Arme um sie geschlossen hatte, sie zog ihn mehrmals noch enger an sich, bis sie letztlich eingeschlafen war.

Danach brauchte er eine weitere Stunde, um selbst Schlaf zu finden. Seine Eckzähne drückten gegen das Zahnfleisch und brüllten nach dem Blut der Verursacher von Heathers Albtraum. Ein so realer Alptraum, dass er ihn in ihrem Kopf wahrgenommen hatte, wenn auch mit verschwommenen Einzelheiten. Er würde diesen Abschaum finden und in Stücke reißen. Aber er musste seinen Wolf zurückdrängen – schon wieder. In dieser Nacht wäre das Tier zweimal um ein Haar aus ihm hervorgebrochen. Zuerst durch die Versuchung, sie als seine Gefährtin zu zeichnen, nun durch den Drang, einen unbekannten Feind zu vernichten. Allerdings gab es für beides eine richtige und eine falsche Art.

Den Paarungsbiss würde er Heather erst geben, wenn sie ihn sich genauso sehnlich wünschte wie er und wenn sie verstand, was er bedeutete. Ebenso wenig konnte er den Feind töten, solange er nicht wusste, gegen wen er seine rasende Wut richten sollte. Vorerst konnte er Heather nur beruhigen und beschützen. Sie lieben, wie er noch nie zuvor jemanden geliebt hatte. Auch wenn ihn das Warten praktisch umbrachte.

Er tröstete sich mit diesem Geruch – ihrem und seinem, miteinander verwoben. Bevor sie zur Arbeit ginge, würde er sie unter der Dusche gründlich abschrubben müssen. So gern er es in die Welt hinausposaunt hätte, niemand durfte von ihnen beiden erfahren. Noch nicht.

Unter der Hand spürte er ihren steten Herzschlag. Als sie

sich rührte, ließ er die Augen geschlossen und überlegte, was sie wohltun würde. Er war schon mit vielen Frauen im Bett gewesen. Aber mit einer aufzuwachen, hatte er noch nie ausprobiert. Es hatte ihn nie gereizt. Bei Heather hingegen empfand er es als vollkommen natürlich. Geradezu instinktiv.

Was nicht unbedingt gut war. Denn kaum war er über ihre Schwelle getreten, hatte sich jedes Verantwortungsgefühl verabschiedet. Wie sollte er sich jemals den Respekt seines Vaters verdienen, wenn er sich von einer Frau ablenken ließ? Das konnte er sich im Augenblick nicht leisten.

Heathers Muskeln zuckten erst, dann spannten sie sich an. Als sie sich von ihm entfernte, streifte ihr Haar seine Schulter, und sein Wolf hätte beinah aufgeheult. Cody beruhigte das Tier und fragte sich, was als Nächstes kommen mochte. Würde Heather das Gesicht in den Händen vergraben und Tränen des Bedauerns vergießen? Würde sie sich eine Stunde lang im Badezimmer verstecken, danach zur Arbeit eilen und so tun, als wäre nichts passiert? Würde sie ihn...

Küssen, murmelte sein Wolf, als Heather genau das tat. Der lange, sanfte Kuss auf seine Wange zeugte von Hoffnungen und Träumen. Und diese zarte Berührung genügte, um sein Herz wild zum Pochen zu bringen. Er musste sich schwer beherrschen, um sich nicht nach mehr zu strecken oder ihr alles zu versprechen.

Cody schluckte. Wenn diese Frau nicht für ihn bestimmt war, dann keine.

Ihre Fingerkuppe beschrieb eine langsame Reise über seine Schulter und hinterließ eine Spur von Wärme, die bis zu seinen Knochen sickerte. Sie fuhr die Krümmung seines Ohrs nach, verweilte über der Kerbe darin und strich dann über seine Augenbraue. Wenn es etwas Schöneres gab, als mit ihr zu schlafen, dann das. Als es endete, hätte er am liebsten aufgeheult. Das Bett wackelte, als sie aufstand.

Er öffnete ein Lid einen Spalt. Im feurigen Licht der Morgendämmerung leuchtete Heather förmlich. Sie durchquerte das winzige Häuschen mit zwei Schritten, hantierte an der Kaffeemaschine und griff sich danach Kleidung. So bald schon? War sie tatsächlich bereit, diese Nacht hinter sich zu lassen?

Vielleicht nicht ganz, denn sie zögerte und ließ die Hüllen fallen. Herrlich nackt ging sie durch die Hintertür hinaus. Dank des hohen Zauns um das kleine Grundstück blieb der Anblick ausschließlich Codys Augen vorbehalten. Sie rollte eine Matte aus, ließ sich im Schneidersitz darauf nieder, streckte die Arme nach oben und umrahmte im rosa-gelblichen Licht der Morgendämmerung die Venus.

Yoga. Sie machte Yoga. Cody verharrte regungslos und genoss den Anblick. Sie streckte sich gemächlich wie eine frisch erwachte Katze, richtete sich auf und drehte sich nach Osten. Wie eine zufriedene Katze mit vollem Magen und einem warmen Plätzchen, an dem sie sich in der Sonne aalen konnte. Von ihrer Angst war nur ein zarter Hauch geblieben, den Albtraum hatte sie weit, weit verdrängt. Ein Anflug von Stolz breitete sich Codys Brust aus, denn er wusste, dass ein Teil ihrer Ruhe von seiner Anwesenheit herrührte. Davon war er überzeugt.

Und noch überzeugter, als sie ihm gestattete, sich mit einem Becher Kaffee wortlos an der Tür niederzulassen und sie zu beobachten. Sie machte weiter. Ein Lächeln umspielte ihre Lippen, während sie mit einer Reihe von Gleichgewichts- und Dehnungsübungen die Natur nachahmte. Eine erwachende Katze, eine unerschütterliche Eiche, ein schwebender Vogel. Die Posen gingen dabei fließend ineinander über. Tänzerin, Träumerin, Schönheit: All das war Heather.

„Guten Morgen", flüsterte sie zwischen zwei Stellungen.

„Und ob es ein guter Morgen ist", hauchte er.

Sie lächelte. „Ist das Zusehen nicht zu langweilig?"

Beinah hätte er geschnaubt. Wusste sie denn nicht, wie wunderschön sie war?

„Überhaupt nicht. Mach nur weiter."

Mit einem Kichern richtete sie sich auf die Knie auf, streckte die Arme hoch empor und ein Bein zur Seite. Dann beugte sie sich mit unverändert ausgestreckten Armen langsam weit zur Seite über das ausgestreckte Bein. Mit den Handflächen nach oben richtete sie sich auf wie eine in der Wüste erblühende Blume. Nachdem sie den Bewegungsablauf auf der anderen Seite wiederholt hatte, kehrte sie auf die Knie zurück und hielt inne.

„Willst du es versuchen?“, flüsterte sie so leise, dass Cody es beinah überhört hätte.

„Wenn du mir zeigst, wie es geht“, erwiderte er mit wild pochendem Herzen.

Er stellte den Becher auf den Boden, ging zu ihr und kniete sich schweigend hinter ihr auf die Matte. Behutsam stellte er Körperkontakt her, indem er die Hände zart auf ihre Taille legte. Ihre Haut vereinte in sich die Essenz des Sonnenaufgangs: pastellfarben, samtweich und warm.

„Bereit?“ Ihre Stimme schwankte nervös.

Verdammt, ja. War er. Und sie?

„Ja.“ Mehr brachte er nicht heraus.

Sein Herz setzte einen Schlag aus, als sie ihre Abläufe fortsetzte und ihn zu einem Teil von ihr werden ließ. Als sie sich nach links lehnte und die Dehnungspose beibehielt, fuhr er mit einem Finger ihren ausgestreckten Arm entlang, ohne dabei zu atmen. Wie ein Vogel, der die Flügel ausbreitet, streckte sie sich als Nächstes nach oben. Cody befand sich unter jenen Flügeln und bewunderte ihre Anmut. Seine Hände kehrten zu ihren Rippen zurück, sanft und locker, um ihren Flug nicht zu stören. Dehnen, gleitender Übergang, Strecken – er ahmte jede ihrer Bewegungen nach und fügte eine eigene Ergänzung hinzu.

Einen Kuss auf die Schulter, ein Streicheln ihrer Brust. Während Heather die Übungen fortsetzte, röteten sich ihre Wangen vor Verlangen.

„Komisch, dass einem das im Yoga-Unterricht nicht beigebracht wird“, murmelte sie und lehnte sich inniger an ihn.

„Jammerschade.“

Er legte die Hände auf ihre Brüste und spürte, wie sie sich während der Bewegungen anspannten und hoben. Cody konnte ihr Verlangen riechen, ihre Lust schmecken. Das Wissen, welche Gefühle er in ihr zu erwecken vermochte und welche Macht sie gleichzeitig über ihn hatte, war berauschend. Er leckte sich über einen Finger und liebkoste damit ihre Nippel, bis sie sich verhärteten, aufrichteten und sichtlich um mehr bettelten. Ihr Rücken ruhte mittlerweile an seiner Brust, seine Ohren hatten sich auf ihre langsame, stete Atmung eingestimmt. Er hätte sie nachgeahmt, wenn er nicht befürchtet hätte, dabei unwillkürlich zu stöhnen. Also senkte er stattdessen die Lippen auf ihre Schulter. So. Für die nächsten Minuten würde er auf Sauerstoff verzichten und stattdessen Heather einatmen.

„Neue Pose“, kündigte sie murmelnd an und nahm eine sitzende Position ein.

Ihre Fußsohlen trafen aufeinander, als sie die Knie spreizte. Trotz ihrer Anspannung in der vergangenen Nacht wirkte sie nun durch und durch ruhig, gelassen.

„Die gefällt mir“, brachte Cody heraus und hielt erneut den Atem an.

Er schob sich hinter Heather, schmiegte sie zwischen seine Beine. Ein elektrisierendes Kribbeln durchzuckte ihn, als sie sich zurücklehnte, die Knie weiter nach unten drückte und ihn wortlos einlud, sie zu erkunden. Seine Finger traten eine langsame, gemächliche Wanderung zu ihrer warmen, herrlichen Mitte an. Das mochte die Grenzen von Yoga sprengen, doch er konnte sich nicht zurückhalten. Umso weniger, als sie sich weiter zurücklehnte und ihn stumm um mehr anflehte.

„Gut so?“, hauchte er.

„Perfekt“, flüsterte sie mit mittlerweile stockender Atmung.

Cody schloss die Augen und fragte sich, wieso es sich diesmal so anders als bei allen anderen Gelegenheiten anfühlte, bei denen er eine Frau befriedigt hatte. Lag es daran, dass sie das Vergnügen gleichmäßig teilten? Dass jeder scharfe Atemzug von ihr von einem zittrigen seinerseits erwidert wurde? Das musste es sein. Es war ein Liebesspiel, kein schneller, harter Fick.

Sein innerer Wolf knurrte, als hätte das Wort *Fick* plötzlich seine Befindlichkeiten gekränkt.

Und der Wolf hatte recht. Diesmal waren echte Emotionen im Spiel – denn bei Heather konnte er sein Herz unmöglich wegsperren.

Heather war perfekt. Zusammen waren sie perfekt. Der Morgen war perfekt – aber Mist, er entglitt ihnen bereits. Zusammen tänzelten sie am Rand reiner Begierde und erfanden eine ganze Reihe sinnlicher neuer Bewegungsabläufe. Dabei lief alles unausgesprochen ab, ohne Hinweise, weil sie so vollkommen aufeinander abgestimmt waren. Heather lehnte sich weiter und weiter zurück, sank allmählich von seinem Schoß auf die Matte. Ohne den Körperkontakt zu unterbrechen, rollte sich Cody auf sie und hielt an ihrer Pforte inne.

„Die Art von Yoga gefällt mir.“ Er grinste.

„Mir auch. Hör bloß nicht auf.“ Sie zog ihn näher. „Bitte hör nicht auf.“

Das hatte er nicht vor. Er huschte nur schnell ins Haus, um in Rekordzeit ein Kondom zu holen. Dann kehrte er in Position zurück und machte dort weiter, wo er aufgehört hatte. Er ahmte die Anmut ihrer Yoga-Bewegungen nach, als er langsam in sie glitt und bei jedem Zentimeter ihre feuchte Wärme genoss. Ein so neues, so intensives Vergnügen, dass es geradezu schmerzte.

Aus langsam und sinnlich wurde bald tief und sinnlich, dann tief und hart. Heather schlang die Beine fest um ihn, und ihr Atem wurde abgehackt. Cody schwelgte darin, sie einmal, zweimal beim Kommen zu beobachten, bis die Strahlen der Sonne schräg über den Zaun lugten und sie zu Eile antrieben. Erst da gab er dem Drang nach, mit der Kraft zuzustoßen, die er den ganzen Morgen über zurückgehalten hatte. Als Heather den Kopf zurückwarf und vor Ekstase stöhnte, fiel ihm ihre pochende Schlagader an der Stelle zwischen Hals und Schulter ins Auge.

Sein innerer Wolf heulte. *Da – genau da! Wir können Anspruch auf unsere Gefährtin erheben und mit einem Biss alles lösen! Wir können...*

Cody sperrte die Zähne hinter den Lippen ein und leitete den Drang stattdessen in seine Hüften, stieß wieder und wieder in sie. Heather passte sich seinem Rhythmus an und umklammerte ihn innig, halb verloren im Rausch der Sinne. Höher und höher schraubten sie sich empor, bis sie auf einem gemeinsamen Höhepunkt schwebten. Danach sanken sie heftig keuchend zurück herab und schmiegten sich befriedigt aneinander.

„Unbestreitbar ein guter Morgen.“ Heather grinste und wirkte gelöster, als er sie je zuvor erlebt hatte.

„Der beste“, pflichtete er ihr bei.

Cody sehnte sich danach, ihr noch viele solche Morgen zu bescheren – einen nach dem anderen bis zum Ende seines Lebens. Doch inmitten der Euphorie des Augenblicks verspürte er einen Stich im Herzen. Sie hatten Montag, nicht Sonntagmorgen, und ihnen blieb keine Zeit mehr. Dabei stellte das noch das geringste Problem dar. Heather war keine Wölfin, sondern ein Mensch. Und er der Sohn des Alphas, von dem erwartet – nein, verlangt – wurde, dass er sich eine geeignete Gefährtin suchte. Eine Gestaltwandlerin mit hohem Ansehen. Niemand sonst würde gut genug sein.

Cody schlang die Arme um Heather und senkte das Kinn auf ihren Kopf. Vorherbestimmte Gefährten? Oder vorherbestimmt für Kummer? Er schirmte das Gesicht vor dem aufdringlichen Licht der Sonne ab. Schon bald würde der Tag samt der harschen Wirklichkeit über sie hereinbrechen.

Was immer er bringen mochte.

Kapitel 12

Während der Fahrt nach Hause nahm Cody hauchzarten Erdbeergeschmack auf den Lippen wahr. Er genoss ihn als Erinnerung an seine erste Nacht mit Heather. Hätte sie nicht unterrichten müssen, wäre er gern den ganzen Tag bei ihr geblieben. Aber es gab Arbeit zu erledigen, einen Fall zu lösen.

Er fuhr einen Umweg zu Kyle, der sich weise jeden Kommentar darüber verkniff, wo sein Hausgast die Nacht verbracht haben könnte. Danach steuerte er die Ranch unter dem Vorwand an, Tyler Bericht zu erstatten. In Wirklichkeit wollte Cody nur in Heathers Nähe sein. Und was er Tyler fragen musste, hatte nichts mit dem Fall zu tun.

Cody parkte und tat so, als würde er auf dem kurzen Weg zum Haus seines Bruders die gesunde Luft auf der Ranch schnuppern. Er konzentrierte sich auf Heathers Duft, der aus dem Schulhaus stammte. Das rastlose Gefühl, das ihn seit der Trennung von ihr nicht mehr verlassen hatte, verflüchtigte sich. Sie befand sich in der Nähe, war in Sicherheit.

In Sicherheit, brummte sein Wolf glücklich.

Aber als er um die Ecke zum Haus seines Bruders bog, blieb er abrupt stehen. Tyler war zwar da, aber er saß zurückgelehnt auf einem Terrassenstuhl, das Gesicht mit Rasierschaum eingeschmiert. Lana stand über ihn gebeugt und strich mit einem Rasiermesser seine Kieferpartie entlang. Die Beine der beiden waren praktisch ineinander verschlungen. Nach den sinnlich knisternden Funken zwischen den beiden zu urteilen, würde diese Rasur demnächst enden.

„Äh, Ty?“, ergriff Cody verhalten das Wort, als bei dem Anblick etwas in seinem Brustkorb zuckte. Er war noch nie im Leben neidisch auf Tyler gewesen – weder auf dessen Macht noch auf die Verantwortung. Aber das zu sehen – diese süße Beschaulichkeit, die den Stempel *für immer* trug –, fühlte sich beinah schmerzlich an. Hätte Cody es nicht besser gewusst, er hätte geschworen, dass sein Bruder schnurrte. Natürlich nur, bis Tyler stattdessen knurrte.

„Ist mal wieder einer dieser Tage…“, begann Tyler.

„Rühr dich nicht.“ Lana entfernte schwungvoll das Rasiermesser und hielt mit einer Hand das Kinn ihres Gefährten fest. „Hi, Cody.“

Er beobachtete, wie der Adamsapfel seines Bruders einmal hüpfte und dann verharrte. Hinter dem Schaum kam Farbe ins sonnengebräunte Gesicht, als Tyler dazu überging, die Gedanken direkt in Codys Kopf zu schleudern. *Eines Tages, Cody, bring ich dich noch um.*

Cody übertrug ein übertriebenes Seufzen zurück in die Gedanken seines Bruders. *Wann macht ihr zwei denn mal nicht miteinander rum?*

Wann können wir zwei denn mal ein wenig Privatsphäre haben? schoss Tyler zurück.

Eine Minute lang hörte man nur das langsame Kratzen des Rasiermessers auf Tylers Haut und das entfernte Summen einer Biene.

„Wo ist meine Lieblingsnichte?“, fragte Cody laut.

Lana lächelte. „Pferde füttern mit meiner Großmutter.“ Sie neigte Tys Kopf zur Seite und begann mit der Arbeit an seinem Hals. Dabei hatte sie ein unverkennbares Funkeln in den Augen.

Was willst du, Cody? Tyler sprach knurrend in seinen Gedanken.

Heather. Es war das Erste, was ihm spontan in den Sinn kam. Zum Glück konnte er es gerade noch weit genug zurückhalten, dass sein Bruder es nicht aufschnappte.

„Einen Rat“, sagte er schließlich.

Der Blick seines Bruders richtete sich prüfend auf ihn. Lana beendete einen langen, kratzenden Strich, bevor sie sich zurückzog und erst Ty, dann Cody ansah. Sie wischte das Rasiermesser ab und huschte ins Haus.

Tyler wischte sich Rasierschaum von der Lippe und bedachte Cody mit einem mürrischen Blick. „Du hast zwei Minuten."

Cody zog sich einen Stuhl heran und ließ sich verkehrt herum darauf nieder. Er atmete tief durch. „Woher hast du gewusst, dass Lana... dass du und sie... Na, du weißt schon..."

Tyler zog eine Augenbraue hoch.

„Dass ihr wahre Gefährten seid", presste Cody schließlich heraus.

Als sich Tyler vorbeugte und schnupperte, vertiefte sich die Furche zwischen seinen Augenbrauen. Cody hatte sich beträchtliche Mühe gegeben, Heathers Duft zu überdecken, aber die Nase seines Bruders war zu gut.

„Du weißt, dass sie tabu ist", presste Tyler zwischen zusammengebissenen Zähnen heraus. „Du kannst sie nicht haben."

„Das war Lana auch. Was dich nicht aufgehalten hat." Sofort wich Cody in Erwartung eines Wutausbruchs zurück, wie damals, als er einen Witz über Tys Phantom gerissen hatte – die Andeutung einer Gefährtin, die seinen Bruder jahrelang verfolgt hatte, bevor er endlich Lana fand. Der Scherz hatte ihm die heftigste Tracht Prügel seines Lebens eingebracht, darunter ein eingerissenes Ohr. Die Narbe hatte er immer noch. Hatte er es verdient? Auf jeden Fall. Denn mittlerweile verstand Cody zum ersten Mal, warum Tyler damals so angespannt gewesen war.

Doch statt zu knurren, wurde aus der verkniffenen Miene seines Bruders ein Lächeln. Ein waschechtes Lächeln. „Stimmt, hat es nicht." Dann schüttelte er den Kopf und schaute wieder finster drein. „Aber Heather ist ein Mensch."

„Ist doch egal", argumentierte Cody mit Nachdruck.

„Das würde ich nicht sagen. Und Dad ganz sicher auch nicht."

„Andere Wölfe haben sich auch schon Menschenfrauen als Gefährtin genommen."

„Andere Wölfe, ja. Aber noch nie einer von uns. Niemals."

„Und?"

„Und?", schoss Tyler zurück.

Ein Kardinal flog vorbei, ein roter Tupfen in der Wüstenlandschaft. Cody ließ den Kopf hängen. Wenn Heather eine Wölfin wäre, könnte es so einfach sein. Dann würde sie über ihre Traditionen Bescheid wissen und seinen Biss begrüßen. Sie könnten sich einen Tag nach dem anderen ein gemeinsames Leben aufbauen.

„Halt dich von ihr fern." Tylers Bariton klang tiefer als je zuvor. „Konzentrier dich auf den Fall."

Cody warf die Hände hoch. „Ich kann mich nicht von ihr fernhalten. Ich kann sie nicht nicht sehen. Es ist, als... als würde mir der Wind ihren Duft absichtlich zutragen." Seine Schultern sackten herab. Er hörte beinah schon, welchen Vortrag Tyler ihm gleich halten würde. *Pflicht. Reife. Verantwortungsbewusstsein.*

Aber Tyler ließ sich mit der Antwort viel Zeit und musterte Cody eingehend. „Du meinst es wirklich ernst." Verwunderung schwang in den Worten mit.

„Natürlich tu ich das!" Cody legte all die Frustration der letzten Jahre in seine Erwiderung. Verdammt, was wäre nötig, damit sein Bruder ihn endlich ernst nahm? „Ich liebe sie."

Tyler neigte den Kopf von einer Seite zur anderen. „Das könnte nicht reichen."

Diese Äußerung fuhr wie ein Pfeil durch Codys tiefsitzende Befürchtungen. Er stieß den Atem aus und ließ sich Zeit damit, wieder Luft zu holen. Wie sollte er Heather die Umstände je erklären? Könnte sie mit der Wahrheit leben? Plötzlich kam ihm nicht mehr sein Vater wie das größte Hindernis vor.

„Pass lieber auf", warnte Tyler. „Wenn du den Stuhl kaputtmachst, bringt dich meine Gefährtin um."

Cody blickte auf seine Hände hinab, die mit weiß hervortretenden Knöcheln die Rückenlehne umklammerten. Mit einiger Überwindung ließ er sie los. Gab es denn in der Nähe nicht irgendetwas, das er zerbrechen, werfen oder zertrümmern konnte?

Er spürte, wie sich Tys Blick in ihn bohrte und nach der Wahrheit suchte. Dann drang aus den Tiefen seiner verkniffenen Miene ein Flüstern hervor. „Wenn es dir ernst ist, hast du meine Unterstützung."

Gut, dass Cody saß. Bot sein Bruder ihm tatsächlich seine Unterstützung an? Cody brachte ein Nicken zustande, war jedoch nicht sicher, ob sich seine Last gerade verringert oder vergrößert hatte.

„Also, was soll ich tun?“

Tyler zuckte mit den Schultern und hielt Ausschau nach Lana. Codys zwei Minuten waren um. „Was du tun musst.“

Mehr würde er aus seinem Bruder nicht herausbekommen. Es war ohnehin mehr als er erwartet. Cody stand auf und stellte den Stuhl zurück, als Lana mit dem Rasierpinsel in der Hand zurückkam.

„Aber Cody?“ Tys Worte ließen ihn abrupt innehalten.

„Ja?“

„Wenn du's nicht ernst meinst... dann bist du auf dich allein gestellt.“ Tyler betonte die Worte mit einem geradezu mordlüsternen Blick.

Das war der Bruder, den Cody kannte. Als Cody davoneilte, sah er noch, wie Lana rittlings über Tyler in Position ging und die Arbeit fortsetzte. In höchstens drei Minuten würden die beiden im Bett enden. Wenn sie es überhaupt so weit schafften.

Sich selbst gab Cody drei Minuten, um sich zusammenzureißen und zu überlegen, was er als Nächstes tun sollte.

Kapitel 13

„Miss Luth! Wissen Sie, wer im Dschungel lebt und immer schummelt?"

Heather wandte sich im Geografieunterricht von der Tafel ab und betrachtete elf grinsende Gesichter, die alle auf Timmys Pointe warteten.

„Mogli!", rief er und ließ damit alle in Gelächter ausbrechen.

Heather bemühte sich, streng dreinzuschauen und ihn zu bremsen, bevor er voll in Fahrt kommen konnte. „Timmy, was haben wir über den richtigen Zeitpunkt für Witze gesagt?"

Timmy versuchte, sich reumütig zu geben, wodurch er jedoch nur umso bezaubernder spitzbübisch wirkte.

„Na gut, alle an die Lernstationen", sagte Heather, um den Schwung aufrechtzuerhalten. „Ihr wisst, wohin?"

Ein Chor von Stimmen trällerte ein *Ja,* als Heather leise eine Fuge von Mozart einschaltete. Sie warf einen Blick auf die Uhr. Nicht mehr lang bis zur Mittagspause. „Vergesst nicht, ihr könnt mit eurem Partner reden, aber bitte leise. Nicht lauter als die Musik. Verstanden, Timmy?" Heather bedachte ihn mit einem scharfen Blick.

„Verstanden, Fräulein Luth!", rief er und hopste zur Station „Europa" an den Fenstern.

Obwohl Timmy gelegentlich ihre Geduld auf die Probe stellte, war er ein tolles Kind. Witzig, energiegeladen, scharfsinnig. Schade nur, dass er Letzteres hinter seiner Lieblingsrolle des Klassenkaspers versteckte. Und schade auch, dass Heather hier nur noch wenige Wochen blieben. Mit einem vollen Schuljahr zur Verfügung hätte sie zu wetten gewagt, dass sie Timmy helfen könnte, genug Selbstvertrauen zu entwickeln, um einfach er selbst zu sein.

Genau wie bei Cody. Der Mann war in einer Rolle gefangen, aus der er unbedingt ausbrechen wollte.

Die meisten Menschen ergriffen die Chance, sich neu zu erfinden, sobald sie ihr Zuhause verließen, wie es auch Heather einst getan hatte. Allerdings hatte sich Cody diese Gelegenheit nie wirklich geboten, jedenfalls nicht, soweit sie es beurteilen konnte. Auf der Ranch ging die Familie über alles, und die Kinder entflogen dem Nest nicht weit. Das hätte sie auch nicht getan, wenn sie an einem so schönen Ort aufgewachsen wäre.

Also steckte Cody in seiner Rolle fest – außer vielleicht, wenn er sich nicht auf der Ranch befand und vor ihrer Tür auftauchte. Sie stellte ihn sich an der Schwelle zu einer anderen Persönlichkeit vor, den echten Cody, der sich wie eine übervorsichtige Schildkröte aus seinem Panzer hervorwagte. Den Cody, den niemand kannte. Flüchtige Blicke hatte sie bereits auf diesen Mann erhascht, und sie wollte mehr. Sich an diesem Morgen von ihm zu trennen, hatte sich wie das Ende ihres ersten Kusses angefühlt. Der Schmerz hatte dem mühsamen Atmen der dünnen Luft auf einem hohen Berg geglichen. Zu dem Zeitpunkt musste sie mit einigen langen Yoga-Atemtechniken gegen das Gefühl ankämpfen. Was sie nun wiederholte, indem sie ausgiebig Luft holte. Dabei stellte sie fest, dass sich Cody irgendwo in der Nähe aufhielt. Irgendwie konnte sie es spüren.

Erinnerungen an ihre gemeinsame Zeit regten sich in ihr, als sie nach den jüngsten Schülern sah, die an ihren Kartenrätseln arbeiteten. Es war unangefochten der schönste Morgen ihres Lebens gewesen. Heather hatte noch nie einen Mann gehabt, der sie so leidenschaftlich oder so zart küssen konnte. Noch nie einen Mann, der volle zehn Minuten lang so innig mit ihr gekuschelt hatte, als wollte er einen Teil von ihr auf sich reiben. Noch nie einen Mann, der ihr so in die Augen geschaut hatte, als blickte er in eine Kristallkugel. Und noch nie zuvor im Leben hatte sie sich so vollständig gefühlt. So etwas gab es eigentlich nur in Märchen, nicht im wahren Leben – und schon gar nicht in ihrem. Doch jener Moment hatte ihr gehört. Die gemeinsamen Augenblicke mit Cody hatten ihre Ängste vertrieben.

Was nicht nur an seiner Masse oder geballten Kraft lag, sondern auch an der Wachsamkeit, die er sogar im Schlaf ausstrahlte. Als sie an diesem Morgen aus der Dusche gekommen war, hatte sie ihn bei einer langsamen Runde durch ihren kleinen Garten ertappt, wo er jeden Zentimeter des Zauns inspiziert hatte. Es hatte nur noch gefehlt, dass er an die vier Ecken pinkelte, um sein Revier zu markieren. Eigentlich hätte sie sein besitzergreifendes Verhalten verärgern müssen, stattdessen jedoch hatte sie es begrüßt. Zum ersten Mal im Leben fühlte sie sich beschützt. Begehrt. Geliebt.

Ein leises Klopfen ertönte an der Tür. Als Heather hinging, stand Codys Schwester Tina davor, die etwas Duftendes und Buntes brachte.

„Hi." Tina winkte sie zu sich und überreichte ihr ein Geschenk – eine wunderschöne Glasschale mit Potpourri. Das Aroma breitete sich durch das Klassenzimmer aus und überlagerte alles andere.

„Ein Dankeschön", erklärte Tina. „Dafür, dass du die Aufgabe übernommen hast und sie so gut bewältigst. Wir sind unheimlich froh, dich zu haben." Sie stellte die Schale auf den Tisch vorne. „Ich finde, hier macht sie sich gut, meinst du nicht auch?"

Heather hätte sich vielleicht ein wenig darüber gewundert, doch in dem Moment schlenderten Lana und Tyler vorbei. Lana hielt mit ihren langen Beinen mühelos mit Tyler Schritt. Er schob mit einer Hand das Dreirad der kleinen Tana, während sein anderer Arm über Lanas Schultern ruhte. Lächelnd winkte Tina ihnen zu, bevor sie Heather mit Augen der Farbe dunkler Schokolade zuzwinkerte. „Er ist ziemlich besitzergreifend geworden."

Ja, genau wie Cody, als er an diesem Morgen ihren Garten überprüft hatte. „Die Männer scheinen... ihr Gebiet streng zu hüten."

Tina kicherte. „Stell dir ein Rudel Hunde vor. Oder besser noch Wölfe. Unsere Jungs sind sehr ähnlich."

Heather lächelte. Die Bewohner der Ranch bildeten einen Clan, freundlich zwar, jedoch mit ausgeprägtem Beschützerinstinkt. Genau wie Cody. Als sie Lana und Ty beobachtete, durchzuckte sie ein jäher Anflug von Sehnsucht. An diesem Morgen hatte sie selbst eine kleine Kostprobe von solchem Glück erhalten. Durfte sie es wagen, sich noch mehr zu wünschen? Dann warf sie einen besorgten Blick auf Tina. Sie durfte sich nichts anmerken lassen.

Doch Tina schien in eigene Gedanken versunken zu sein und beobachtete das Paar mit so viel Sehnsucht in den Augen, dass Heather selbst die Lider schloss. Vielleicht schmerzte an diesem Tag nicht nur ihr Herz auf der Ranch. Tina vermittelte etwas Düsteres und Intensives, völlig anders als Cody. In ihrer Schönheit schwang etwas Raues mit, wie bei der Wüstenluft. Heather dachte daran zurück, wie Tina und Cody in der Scheune getanzt hatten. Eine Frau wie Tina könnte sicher unter Dutzenden Männern wählen. Trotzdem hatte sie mit ihrem Bruder getanzt. Warum?

Nach einem hörbaren Seufzen riss sich Tina zusammen und kehrte zurück in die Gegenwart.

Heather füllte die plötzliche Stille mit: „Warum habe ich das Gefühl, dass Tyler als Kind nicht so viele Streiche gespielt hat wie Cody?“

Tina lachte. „Tyler war schon immer der Ernste. Erst seit Lana ist er ein bisschen lockerer geworden.“

Heather warf einen Blick auf die imposante Gestalt des Mannes. Wenn das Tyler in *lockerer* Gemütsverfassung war, wollte sie ihn nicht unter Anspannung erleben. Nein, sie würde jederzeit Cody vorziehen. An jedem Tag und in jeder Nacht. Allein beim Gedanken ging ein wohliger Schauder durch ihren Körper.

„Bald haben wir das verlängerte Wochenende zum Columbus Day“, sagte Tina. „Fährst du weg?“

Heather rang sich ein Lächeln ab. „Bin mir noch nicht sicher.“

In Wahrheit graute ihr vor der Auszeit. Die Arbeit verankerte sie in geistiger Gesundheit. Die Arbeit und Cody. Würde er heute Abend zu ihr zurückkommen?

„Du stammst aus dem Osten, richtig?“, fuhr Tina fort. „Sind Familienbesuche geplant?“

Heather überlegte, was sie sagen könnte. Dass sie niemanden zum Besuchen hatte und es niemanden interessierte, sie zu besuchen?

„Äh, wahrscheinlich nicht. Sie sind alle sehr beschäftigt.“ *Zu beschäftigt mit einem neuen Leben und einer neuen Familie* lautete die bittere Wahrheit, die Heather nicht aussprach. „Ich brauche die Zeit ohnehin, um mich nach einem neuen Job umzusehen“, fügte sie stattdessen hinzu. Beim Gedanken daran, was das bedeutete, ließ sie die Schultern hängen. Schon bald würde sie wieder auf der Flucht sein.

„Es wird uns widerstreben, dich gehen zu lassen.“ Tina berührte Heather am Arm, dann warf sie einen Blick zur Uhr an der Wand. „Oh, ich muss los. Ich habe einer Freundin versprochen, für sie auf ihr Kind aufzupassen.“

Heather war so in Gedanken verloren, dass sie kaum rechtzeitig winkte, bevor Tina verschwand. *Wieder auf der Flucht.* Die Worte hallten in ihrem Kopf wider, während sie eine Runde um die Lernstationen drehte, um nachzusehen, wie die Kinder mit den Fragen vorankamen. Wie lange würde ihre Flucht dauern? Würde der Albtraum je enden?

Nein, nein, nein, sagte sie sich. Sie musste sich das Hier und Jetzt vor Augen halten.

Dann meldete sich in ihrem Hinterkopf eine leise Stimme zu Wort – die alte Heather. *Da ist noch mehr. Cody. Er ist es wert, um ihn zu kämpfen.*

Die neue Heather jedoch ließ die Schultern erneut hängen, fürchtete sich vor Hoffnung beinah genauso sehr wie vor der Kreatur, von der sie gejagt wurde.

Da ist noch mehr, säuselte der Wind. Die Worte schienen mit der Brise hereinzutreiben, sich auf den Dachsparren einzunisten und wie strenge Richter auf Heather herabzublicken. *Cody.*

Der Name pulsierte durch ihr Herz, das ihn durch ihren gesamten Körper zirkulieren ließ. *Cody. Mehr.*

Kapitel 14

„Cody!“

Schuldbewusst wirbelte er herum. Nach dem Besuch bei Tyler hatte er mehrere Stunden damit verbracht, die Kernmannschaft der Wachleute der Ranch abzuklappern. Es wurde immer auf alle möglichen Gefahren geachtet, doch es war an der Zeit, Vampire ganz oben auf die Liste zu setzen. Bisher lag die Bedrohung noch in der Ferne, aber da sich bestätigt hatte, dass es sich um Blutsauger handelte, durfte sich das Rudel nicht in Sicherheit wiegen.

Er war gerade fertig geworden und mit einem frei erfundenen Vorwand unterwegs zum Schulhaus – weil er irgendetwas von Heather brauchte, und sei es nur ein Hauch ihres Dufts oder ein flüchtig auf sie erhaschter Blick aus der Ferne –, als ihn Tinas Stimme überrumpelte.

„Cody!“

Sie stand auf dem Fußweg vor ihm, wippte ein geliehenes Baby auf dem Arm und gurrte dem kleinen Wesen in viel sanfterem Ton als dem zu, den sie für ihren Bruder benutzte. Ein Jammer, dass Tina so viel für das Rudel und so wenig für sich selbst tat. Mit verengten Augen betrachtete Cody erst das Baby, dann seine Schwester. Dabei stellte er fest, dass sie ihn genauso forschend musterte. Er hegte den leisen Verdacht, dass sie ihm und Heather auf der Spur war – und dennoch leiseren Verdacht, dass sie die Verbindung billigte. Warum?

Die Antwort hätte auf der Hand liegen müssen, obwohl er bisher nie wirklich darüber nachgedacht hatte. Tina litt genauso sehr unter der strengen Führung ihres Vaters wie er. Vielleicht sogar noch mehr. Und trotz ihrer nach außen getragenen Ecken und Kanten war Tina unbestreitbar eine heimliche Romantikerin. Ein bisschen wie Tyler.

Ein bisschen wie Cody selbst, gestand er sich ein. Vielleicht hatten sie drei mehr gemeinsam, als er gedacht hatte.

Nach wie vor schwankend zwischen Verzweiflung und Euphorie suchte er bei Tina nach Anzeichen auf guten Neuigkeiten, die den Ausschlag in Richtung Euphorie geben könnten. Ihr grimmiger Blick jedoch ließ auf das Gegenteil schließen.

„Dad will dich sehen."

Mist.

Kacke, Kacke, Kacke.

Tina bedachte ihn mit einem mitfühlenden Blick, dann marschierte sie weiter und redete dabei auf das Baby ein. „Jetzt gehen wir ins Büro deiner Tante Tina. Wird das nicht lustig?"

„Nimmst du mich mit?", fragte Cody nur halb im Scherz. Ein Treffen mit seinem Vater lief nie erfreulich ab.

„Vergiss es."

„Was ist mit dem Zusammenhalt unter Blutsverwandten?"

Tina warf ihm über die Schulter einen festen Blick zu. „Das ist eine der Gelegenheiten, bei denen du nur mein Halbbruder bist."

„Verräterin", grummelte er.

„Das habe ich gehört."

Cody seufzte. Ihm blieb nichts anderes übrig, als sich dem Erschießungskommando zu stellen. Er straffte die Schultern und steuerte auf das Haus seines Vaters zu. Allerdings legte er dabei einen kurzen Umweg zum alten Wacholder neben dem Geräteschuppen ein, wo er sich wie ein Stier an dessen Stamm rieb – zusätzliche Tarnung für Heathers Geruch.

Das Haus seines Vaters war ein schlichter Lehmziegelbau, umgeben von einem burggrabenartigen Ring verhedderter Dornenbüsche. Eigentlich ganz passend. Dem Mann war noch jede Frau davongelaufen, die sich in sein Privatleben gewagt hatte. Sein Haus spiegelte das wider. Hier schwirrten keine Kolibris in der Luft. Nur ein alter, grauer Rabe kauerte wie ein Wächter davor.

Cody klopfte, saugte sich die Lunge noch einmal mit frischer Luft voll und trat ein.

„Cody.“ Sein Vater nickte. Zweifellos das Vorspiel zu einer Standpauke.

Cody zwang sich, dem Todesstarren seines alten Herrn zu begegnen. Jedes Mal erfolgte derselbe sinnlose Test. *Wie lange hältst du diesmal durch? Wie lange wird es dauern, bis du einknickst?* Schweißperlen standen ihm auf der Stirn, und seine Wangen glühten. Dieser Blick konnte töten. Tyler besaß dieselbe Fähigkeit, obwohl er so viel Anstand hatte, sie normalerweise seinen Feinden vorzubehalten. Ihr Vater nicht. Der Mann war durch und durch ein Alpha alter Schule.

Schließlich senkte Cody den Blick und starrte auf den Boden. Dennoch spürte er die allgegenwärtige finstere Miene seines Vaters.

Bedrückende Stille herrschte im Raum. Cody wappnete sich und überlegte, wofür ihm an diesem Tag die Leviten gelesen würden. Weil er zu viel Geld verprasste? Darauf hätte er eine Antwort. In den letzten drei Jahren hatte er zum ersten Mal in seinem Leben ein hübsches Sümmchen angespart. Zu viele Frauen? Nicht in letzter Zeit, nein. Und nie wieder – nicht mit Heather in seinem Leben. Nachlässigkeit bei der Arbeit? Er hatte sich bei allem, was es auf der Ranch zu tun gab, krumm und bucklig geschuftet. Ganz zu schweigen davon, dass er regelmäßig die Trümmer der harten Gangart seines Vaters aufräumte. Was immer sein Vater sagen mochte, Cody würde eine Antwort parat haben.

Nur nicht dafür, womit sein Vater ihn aus heiterem Himmel überrumpelte.

„Ich habe beschlossen, dass es für dich an der Zeit ist, dir eine Gefährtin zu nehmen.“

Cody wäre beinah einen Schritt zurückgestolpert. „Eine Gefährtin?“

„Eine Gefährtin. Du hattest lang genug, um dir die Hörner abzustoßen. Jetzt ist es an der Zeit zu wählen.“

Codys Gedanken überschlugen sich. Wählen? Unter wem denn? Es gab nur Heather.

„Warum?“, war alles, was er hervorbrachte.

„Sieh dir nur an, was es bei Tyler bewirkt hat.“

Cody wusste nicht, ob er nicken oder den Kopf schütteln sollte. Ja, die Paarung war das Beste, was seinem Bruder überhaupt passieren konnte. Sie hatte Tyler vom Rand der Explosion vor lauter Anspannung zurückgeholt und für ein Gleichgewicht in seinem Leben gesorgt. Aber das betraf Tyler. Cody musste nicht lockerer werden.

„Gepaart zu sein, wird dir vielleicht endlich etwas über Verantwortung beibringen."

Gern hätte Cody erwidert: *Ein bisschen mehr Vertrauen von dir könnte dasselbe bewirken.*

„Ist 'ne gute Sache, eine Gefährtin zu haben."

Cody schnaubte innerlich. Sein Vater hatte mindestens ein Dutzend Frauen gehabt, ohne sich je an eine zu binden. Er hatte vier Kinder mit zwei davon gezeugt, die ihm beide davongelaufen waren, bevor seine Intensität sie umgebracht hätte. Und dieser Mann wollte ihn über eine dauerhafte Beziehung belehren?

„Du hast drei Monate."

Drei Monate?

„Und wenn du dich bis dahin nicht für eine geeignete Gefährtin entscheiden kannst..."

Welche zum Beispiel, wie Lana? hätte Cody beinah gefragt. *Eine Frau, der du mal mit dem Tod gedroht hast?*

„...dann finde ich eine für dich."

Innerlich zog sich Cody alles zusammen, als er daran zurückdachte, wie sein Vater versucht hatte, eine Gefährtin für Tyler zu finden. Zum Glück war das nicht wie von dem Alten geplant verlaufen. Er fragte sich, wen sein Vater als für ihn geeignet erachten würde. Beth? Süß, aber nicht wirklich sein Typ. Audrey? Himmel, nein. Tatsächlich interessierte Cody keine der Frauen auf der Ranch, jedenfalls nicht als Gefährtin.

Dafür gab es nur eine Frau. Die erste überhaupt. Und die letzte. Die einzige für ihn.

Heather.

Sein Wolf stimmte ein wildes Knurren an. *Meine Gefährtin!*

Und auch jemand, den sein Vater niemals akzeptieren würde. Cody wandte sich der Tür zu, weil er an der abgestandenen Luft im Haus plötzlich zu ersticken drohte.

„Und Cody“, fügte sein Vater barsch hinzu. „Diese Lehrerin... Wie heißt sie noch mal?“

„Heather.“ Kaum hatte Cody es ausgesprochen, wusste er, dass er zu schnell geantwortet hatte.

In den Augen seines Vaters blitzte es. „Halt dich von ihr fern.“

Cody brachte nur ein knappes Nicken zustande und sagte sich, dass es ein Abschiedsgruß war, kein Zeichen seiner Zustimmung. Dann machte er sich auf und davon, stapfte mit rasanten Schritten an der verschwommenen Umgebung vorbei. Er riss die Tür seines Pick-ups auf, stieg ein und setzte mit aufheulendem Motor zurück. Wenig später raste er durchs Tor der Ranch hinaus, ohne sich um die von ihm aufgewirbelte Staubwolke zu scheren. Er wollte nur noch in irgendeiner Form flüchten.

Heather.

Menschenfrau.

Tabu.

Die Worte hallten wieder und wieder durch seinen Kopf, während er halb blind für die Umgebung weiterfuhr. Unterwegs irgendwohin – egal wohin – rief er sich jeden mürrischen Blick ins Gedächtnis, den ihm sein Vater je zugeworfen hatte, und hörte dabei jedes enttäuschte Seufzen seines alten Herrn.

Irgendwie gelang es ihm, den Wagen zu Kyles Büro zu lenken, wo er ein paar Stunden verbrachte. Allerdings knurrte er dort nur mürrisch über irreführende Spuren in dem Fall und verhielt sich Kyle gegenüber barsch, bevor er sich wieder auf die Straße schwang. Seine Gedanken kreisten ausschließlich um Heather. Was um alles in der Welt sollte er nur tun?

Sein innerer Wolf schnaubte. *Tu, was sich richtig anfühlt. Was die Nacht dir sagt.*

Als Cody das nächste Mal blinzelte, war die Sonne untergegangen, und er stand vor Heathers Haustür.

Kapitel 15

Heather kannte dieses Klopfen. Irgendwo tief in ihrem Innersten hatte sie bereits gespürt, dass sich Cody näherte. Sie riss die Tür mit mühsam gebändigter Freude auf.

Aber der Cody, der an diesem Abend davorstand, wirkte anders. Düsterer, grüblerischer, als sie ihn je zuvor erlebt hatte. Sie hatte geahnt, dass auch eine solche Seite in ihm steckte, er sie jedoch hinter seiner Maske verbarg.

Gefahr! Lauf weg! warnte die zittrige Stimme der Angst.

Heather sah genauer hin. Er wirkte nicht auf bedrohliche Weise düster. Eher so, als würde gleich etwas Ernstes durch seine Fassade hervorbrechen. Aber Cody vergrub es sofort tief in sich und setzte sein gekünsteltes Strahlemannlächeln auf. Warum? Wenn er bei ihr nicht er selbst sein konnte, dann verdiente sie ihn vielleicht nicht.

„Hey, Süße“, begann er in dieser unbekümmerten Huckleberry-Finn-Manier. „Ich war gerade in der Gegend und dachte mir, wir könnten...“

Sie schüttelte den Kopf. Das war nicht ihr Cody. „Versuch’s noch mal“, murmelte sie. Mit einer behutsamen Berührung schob sie ihn zurück hinaus und schloss die Tür.

Ihr Herz pochte wie wild. War sie wahnsinnig? Der Mann, den zu lieben sie geboren war, stand vor ihrer Tür, und statt ihn hereinzuziehen und nicht mehr loszulassen, stieß sie ihn von sich? Ein anderer Teil von ihr jedoch blieb standhaft. Cody musste selbst den Weg aus seinem Käfig finden.

Die Übung mit der geschlossenen Tür setzte sie auch in der Schule ein. Wenn ein Schüler zu derb oder rüpelhaft hereinkam, drehte sie ihn um, schob ihn hinaus, schloss die Tür und ließ es ihn noch einmal versuchen. Eine zweite Chance, wie sie einem das wahre Leben selten bot.

Nur hatte sie es diesmal nicht mit einem Schuljungen zu tun, sondern mit einem Mann. Einem Prachtexemplar von einem Mann, der in jeder beliebigen Nacht an die Tür jeder beliebigen Frau klopfen und das bekommen könnte, was er wollte. Aber sie wollte nicht bloß eine weitere Tür sein, die sich ihm auf Kommando öffnete. Sie wollte mehr.

Trotz ihrer Anspannung lächelte sie. Vielleicht kämpfte sich ja doch die alte Heather zurück an die Oberfläche.

Bei seinem zweiten Klopfen flatterten ihre Nerven. Sie schwang die Tür auf und hielt den Atem an.

Cody schaute immer noch verdutzt drein. Seine Lippen bewegten sich, während er nach Worten suchte, bis schließlich eines den Weg aus ihm fand. „Hi."

„Hi", hauchte sie und spornte ihn innerlich an.

Sein perfekter Mund öffnete sich erneut, schloss sich, öffnete sich wieder. Sein Tausend-Watt-Lächeln flammte auf. „Tut mir leid, dass ich störe, aber..."

Nein. Heather schloss die Tür, obwohl ihre Seele dabei aufheulte.

Stille. Heather betete, dass sie keine sich entfernenden Schritte hören würde. Wenn er nicht bald reagierte, würde sie die Tür aufreißen und um eine zweite Chance betteln.

Ein drittes Klopfen. Gott sei Dank für hartnäckige Männer. Sie zog die Tür auf.

Ein ernster Cody. Ein entschlossener Cody. Ein Cody, der sich nicht abwimmeln lassen würde.

„Heather", presste er durch verkniffene Lippen hervor.

Erst in diesem Augenblick konnte sie glauben, dass Tyler und er Brüder waren.

„Cody."

Er musterte sie eine lange Weile, bevor er sie in einer lawinenartigen Umarmung vergrub. Mit seinem Gesicht in ihrem Haar ertönte sein Flüstern kaum hörbar.

„Heather..."

Eine Zeit lang blieb das alles: ihr Name und seine Finger, die durch ihr Haar fuhren. Dann hauchte er leise an ihrem Ohr.

„Ich vermisse dich jedes Mal in dem Moment, in dem du weg bist.“

Die Worte rührten ihr Herz an. Cody umklammerte sie wie ein Seemann, dem das Schiff davonzufahren drohte. Sie klammerte sich ihrerseits so fest an ihn, dass sie glaubte, nichts könnte sie trennen. Gott, sie hatte ihn auch vermisst. Ihr Leben lang, auch wenn sie sich erst kürzlich kennengelernt hatten.

Als sich Cody letztlich zurückzog, schob er eine Strähne ihres Haars beiseite und klemmte sie ihr hinters Ohr. Sie nahm sein Gesicht in beide Hände und fragte sich, was ihn so beunruhigte. Heather wollte ihn drängen, sich zu setzen und es so herauszulassen, wie auch sie alles herauslassen musste. Aber wie sollte sie die richtigen Worte finden? Wo sollte sie anfangen? *Cody, ich wünschte...*

Was wünschte sie? Und was wünschte er sich mit diesem sehnsüchtigen, traurigen Blick?

Cody schloss die Augen und zog sie wieder an sich. Offensichtlich war er nicht bereit, preiszugeben, was ihm zusetzte, zumindest nicht mit Worten. Nach ihrem Alptraum vergangene Nacht war es ihr genauso ergangen, und Cody hatte ihr den nötigen Trost geschenkt. Nun war sie damit an der Reihe. Sie erwiderte seine Umarmung und versuchte, sowohl Vergangenheit als auch Zukunft zu verdrängen, um nur für diesen Moment des Friedens zu leben.

Ein Flüstern drang von ihren Lippen. „Jede Minute ohne dich ist eine Minute zu lang.“

Seine Arme verstärkten den Griff um sie, während sein Mund um Worte rang und hoffnungslos unterlag. Sie brachte ihn mit einem Finger an den Lippen zum Schweigen und schob ihm eine Hand in den Nacken, was ihn zum Brummen brachte. Sein Körper presste sich an sie, versprach eine Flucht.

Eine Flucht, die sie offenbar dringend brauchte, denn gleich darauf wurde sie von reiner animalischer Begierde überwältigt. Ihre Zunge glitt tiefer, küsste sich am Schauspieler vorbei bis hinunter zum Mann dahinter. Eine Hand verblieb in seinem Nacken, während die andere zielstrebig in tiefere Gefilde wanderte und seinen Oberschenkel streichelte. Hätte sie einen Moment zum Nachdenken gehabt, sie wäre schockiert über sich gewesen. Aber irgendetwas in der Nacht drängte sie vorwärts.

Sie leckte sich seinen Geschmack von den Lippen, sah ihm in die Augen und fand darin wildes Verlangen. Nachdem er einmal kurz nach Luft geschnappt hatte, presste er die Lippen auf ihre.

Etwas stand in dieser verrückten Nacht fest: Es würde nicht süß und langsam zugehen.

Gut. Sie verspürte geradezu verzweifelte Begierde nach ihm. Heather war dankbar, als Cody ihr Shirt und ihren BH ohne Federlesens entfernte. Seine Hände fühlten sich warm an, als sie ihr die Shorts vom Leib streiften, bevor sie sich auf ihren Hintern legten und sie an ihn zogen. Flinke Finger kümmerten sich um die restliche Kleidung, und schon bald lagen die beiden ineinander verschlungen auf dem Boden. Cody rutschte tiefer und liebkoste mit den Lippen ihre Nippel.

Als sie dachte, sie müsste vor Lust explodieren, hob Cody den Kopf, die Wangen rosig vor Scham. „Du verdienst etwas Besseres."

Etwas Besseres als ihn? Ihre Finger spielten an der Kerbe in seinem rechten Ohr. „Gibt es nicht", flüsterte sie. „Nichts ist schöner, als mit dir zusammen zu sein." Das entsprach der Wahrheit. Doch Codys Lider klappten unter der Last der Verantwortung zu. War sie zu weit gegangen? „Cody..."

Er schaute auf.

„Denk nicht so viel."

Es funktionierte, denn sie verfielen wieder in Küsse. Dann zog er sie hoch und stolperte mit ihr zum Bett, wo sie nahtlos dort weitermachten, wo sie aufgehört hatten. Heather schlang die Beine um seine Hüften und zog ihn an sich. Cody drehte sie so herum, dass sie mit dem Rücken zu ihm und dem Bauch auf den Laken lag. Dann strich er mit den Händen über ihre Haut wie ein Künstler, der die Leinwand für sein nächstes Meisterwerk abtastet.

Von der Taille aus folgten seine Finger der Diagonale ihrer Rippen und wanderten dann nach vorn zu ihren Brüsten. Jede Bewegung glich einem erfüllten Wunsch. Seine Finger tauchten sanft in die Spalte zwischen ihren Beinen, bis sie stöhnte und um mehr bettelte. Cody schob sich näher, bedeckte ihren Körper mit seinem.

Heather blinzelte. Von hinten? Die wenigen Male, die sie sich in der Vergangenheit zu der Stellung überreden lassen hatte, waren ein völliger Reinfall gewesen.

Tja, es musste am Mann gelegen haben. Denn kaum hatte Cody die freie Hand auf ihren Busen gelegt, verflüchtigten sich alle Zweifel. Seine Körperwärme umhüllte sie und verlieh den Begriffen *primitiv* und *animalisch* einen völlig neuen Reiz. Ein Stöhnen entrang sich ihr, als sie spürte, wie er sich gleitend näher schob.

Aber herrje: Wo steckte ihr Selbstbewusstsein? Wo ihr Stolz?

Offenbar hatte sie beides an der Staatsgrenze zurückgelassen, denn es war ihr völlig egal.

Ein in sie geschobener Finger rührte sich. „Ist das in Ordnung?“ Codys Lippen kitzelten ihre Schulter.

„So gut...“ Heather stöhnte in die Laken.

Sie tauchte nicht bloß die Zehen in ein Becken geschmolzener Ekstase – sie hechtete kopfüber hinein. Ins Paradies. Sie fasste nach hinten, ertastete seine Härte und staunte über die Größe.

Eine Folie knisterte, und nach einer kurzen Pause streiften seine Schenkel die ihren. Ein jäher Hitzeschwall entrang ihrer Kehle einen Aufschrei, als Cody tief in sie stieß. Dann zögerte er und kämpfte zitternd um Kontrolle.

Sie schüttelte den Kopf. Nicht so, nicht jetzt. Sie wollte es wild, verrückt und hart.

„Cody“, bettelte sie.

Als er tiefer eindrang, spannte sie die inneren Muskeln um ihn herum an. So gut es sich anfühlte, Codys lustvolles Stöhnen zu hören, empfand Heather als noch besser. Als er sich zurückzog und wieder zustieß, stützte sie sich mit den Armen an der Wand ab und unterdrückte Rufe um mehr.

Vage bekam sie mit, dass Cody ihren Hals nah am Übergang zur Schulter küsste wie ein Goldgräber, der nach einer Goldader sucht. Sie legte den Kopf schief, folgte dem Instinkt, ihre Haut zu entblößen und ihn so einzuladen, daran zu knabbern.

Aber Cody murmelte einen gedämpften Fluch und drückte stattdessen die Wange an ihre.

Heather konnte ihn überall spüren, während er ihr ins Ohr flüsterte und ihre Hüften packte. Der Höhepunkt war bereits so nah. Sie hielt durch, so lang sie konnte, dann schrie sie auf und kam mit wilden Zuckungen, die auch Cody zum Höhepunkt emporschraubten. Während des Gefühls, rotierend durch die Luft zu stürzen, umklammerten ihn ihre Beine und weigerten sich, ihn loszulassen.

Und als es vorbei war, blieb die Euphorie. Cody senkte sein Gewicht auf sie und verhüllte sie wie eine warme Decke im Winter.

Mit langen, besitzergreifenden Bewegungen schmiegte er sich an ihren Hals. Bei jedem heißen Gleiten hätte Heather vor verruchtem Vergnügen beinah gegrunzt. Als er sich neben sie plumpsen ließ, drehte sie sich ihm zu und legte die Hand auf diese Gebirgslandschaft von einer Brust. Seine Augen teilten ihr mir, dass sie wunderschön war, während seine Arme sie an ihn zogen. In der Sprache, der sie beide sich bedienten, waren Worte überflüssig.

Worte wie Vertrauen. Liebe. Dankbarkeit. Sie waren alle da, eingehüllt in die Laken.

Aber es befanden sich auch andere Worte darunter. Beklommenheit. Frustration. Angst. Denn Heather wusste, dass diese magische Nacht nur eine vorübergehende Auszeit darstellte. Morgen würde die reale Welt zurückkehren.

Sie vergrub das Gesicht an seiner Schulter. Bestenfalls eine vorübergehende Maßnahme. Aber sie funktionierte – vorläufig.

Kapitel 16

Cody trommelte während der gesamten Fahrt über den Highway mit den Fingern aufs Lenkrad. All die Freuden seiner Nächte mit Heather – seit der Nacht der geschlossenen Tür eine ganze Woche – lösten nicht seine Probleme. Tatsächlich verschlimmerten sie sich dadurch eher.

Eine Gefährtin, die er nicht haben konnte – und die nichts von seiner wahren Natur wusste.

Eine Mordserie, bei der jede Spur in einer Sackgasse endete.

Ein Bruder, der einen langen Schatten warf, und ein Vater, dessen Blick nie über ihn hinausging.

Ganz gleich, wo er nach einem Hoffnungsschimmer Ausschau hielt, ihm erschien alles unmöglich. Je mehr er Heather liebte, desto mehr schmerzte es. Sie war seine vom Schicksal für ihn vorgesehene Gefährtin. Ein instinktiver Teil von ihr wusste es auch, was sie dadurch bewies, wie sie sich an ihm festklammerte und ihre Angst hinter sich ließ.

Unsere Gefährtin erkennt uns, säuselte sein Wolf zustimmend.

Alles schön und gut, aber wie sollte er einer menschlichen Frau mitteilen, dass er sie liebte? Wie sollte er ihr erklären, wer er in Wirklichkeit war? Codys Kiefer mahlten. Jede Minute, die er verstreichen ließ, ohne es ihr zu sagen, kam einer Lüge gleich.

In der Zwischenzeit waren Kyle und er im gesamten Bundesstaat jeder erdenklichen Spur nachgejagt und hatten rein gar nichts erreicht. Wo würden die Vampire als Nächstes zuschlagen? Irgendwo befand sich ein weiteres Opfer, eine Frau, die nichts von ihrem Schicksal ahnte, und Cody konnte nichts tun, um sie zu retten. In Gedanken ging er alles tausendmal durch, während des gesamten Wegs zur Ranch.

Ehe er sich versah, fuhr sein Pick-up durch das Tor. Gleich darauf runzelte er die Stirn. Irgendein Arsch hatte sich seinen üblichen Parkplatz geschnappt – ein ihm unbekannter Pick-up mit Kennzeichen aus Nevada. Zähneknirschend parkte er zwei Plätze weiter. Abgesehen davon ärgerte ihn, dass sein Vater ihn ausgerechnet nun zu einem Treffen zitiert hatte. Er musste zurück in die Ortschaft und seine Aufgabe beenden. Je eher er die Vampire aufspürte, desto eher könnte er sich darauf konzentrieren, seine Gefährtin für sich zu gewinnen. Und die Zeit drängte.

Mit schnellen Schritten betrat er das Ratsgebäude, bevor er unvermittelt stehen blieb. Sein Vater stand bei einem anderen Mann, einem alten, angegrauten Alpha. Roric, wenn sich Cody recht erinnerte, Oberhaupt des Westend Rudels, das knapp fünfhundert Kilometer nordwestlich lebte. Neben Roric befand sich eine zierliche Brünette, die prompt einen abwägenden Blick auf Cody heftete.

Ihm sträubten sich die Nackenhaare.

„Ah, Cody!“ Sein Vater klang verdächtig heiter. Cody spürte, wie ihm das Blut aus dem Gesicht entwich. „Du erinnerst dich doch an Roric.“

Er nickte knapp, während Roric ihn mit seiner langsamen Musterung offenbar aus der Ruhe bringen wollte.

„Und an seine Tochter Sabrina.“ Sein Vater sang die Vorstellung praktisch.

„Hallo Cody“, säuselte sie und zog ihn mit ihren Rehaugen geradezu aus.

„Roric und ich haben Geschäftliches zu besprechen“, fügte sein Vater hinzu. „Führ du doch inzwischen Sabrina herum.“

Codys Eingeweide krampften sich zusammen, weil er ahnte, welches Geschäft sein Vater vorschwebte. Dem Glanz in Sabrinas Augen nach zu urteilen, war sie voll und ganz mit an Bord.

Was ist aus den drei Monaten geworden? übermittelte Cody protestierend in den Kopf seines Vaters. *Was ist mit...*

Die Stimme seines alten Herrn ertönte dröhnend in seinen Gedanken. *Glaubst du, ich lasse zu, dass sich mein Sohn das Leben ruiniert?* Kälte schoss Cody durch die Adern, als der Tonfall seines Vaters gemessener wurde. *Damit du dich nicht von einer ungeeigneten Frau ablenken lässt, habe ich eine gute für dich gefunden. Ist sie nicht wunderschön?*

Bevor er Heather begegnet war, hätte er – vielleicht – flüchtig in Sabrinas Richtung geschnuppert. Aber jetzt? Er nahm nur noch das Grauen wahr, das sich in seiner Magengrube ausbreitete.

Aber ich will sie nicht, rief seine innere Stimme.

Du wirst tun, was ich dir sage! donnerte sein Vater. *Nimm sie sofort!*

Die Doppelbödigkeit der Worte schoss ihm durch den Kopf, während er den Blick auf der Suche nach einem Ausweg durch den Raum wandern ließ. Tina stand in der Nähe, den Mund zu einer schmalen Linie zusammengepresst. Allem Anschein nach hatte sie bereits zu protestieren versucht, war aber in die Schranken gewiesen worden. Verzweifelt schaute Cody zu Tyler. Vielleicht könnten sie beide zusammen... Aber nein, Tylers Züge glichen einer Maske. Wo blieb die versprochene Unterstützung?

Codys Verstand suchte weiter verzweifelt nach einem Ausweg, obwohl er die grausame Wahrheit erkannte. Männer wie sein Vater und Roric scherten sich nicht um Liebe oder die Wünsche Einzelner. Für sie drehte sich alles um das Rudel und Blutlinien. Die Paarung wurde als reines Geschäft betrachtet, als Möglichkeit zur Stärkung der Bande zwischen zwei verbündeten Rudeln. Hatte sich Roric überhaupt nach Josie erkundigt, die vor ihrer Ankunft auf der Twin Moon Ranch ein Mitglied des Westend Rudels gewesen war? Cody bezweifelte es.

Roric und der alte Tyrone hatten sich schon einmal als Kuppler versucht und Josie als Gefährtin für Tyler ausgewählt. Damals war es ihnen gar nicht in den Sinn gekommen, die potenziellen Gefährten um ihre Meinung zu fragen. Und nun wollten es die alten Hunde wieder tun?

Als Cody seinen Vater ansah, taumelte er beinah unter der Gewalt des finsteren Blicks seines Erzeugers. Das Feuer in diesen Augen konnte töten, und allem Anschein nach wäre sein Vater durchaus bereit, so weit zu gehen. Er würde in dem Punkt keine Kompromisse gelten lassen.

Cody ließ kurz den Kopf hängen und schaute abrupt wieder auf, als sich ein dünner Arm bei ihm einhängte. Sabrina schmiegte sich eng an ihn und führte ihn durch die Tür hinaus in sein Verderben.

„Weißt du, Cody, ich hab schon so viel über dich gehört“, säuselte sie.

Unterwegs überschlugen sich in Codys Kopf die wildesten Ideen. Er könnte mit Heather durchbrennen und ein neues Leben beginnen. Irgendwo weit weg von seinem Vater. Weit weg vom Rudel.

Sein Wolf knurrte missbilligend. *Wir brauchen beides – Heather und das Rudel.*

Na ja, vielleicht könnte er ein neues Rudel in irgendeinem unbeanspruchten Gebiet gründen. Oder er könnte es bei den Verwandten seiner Mutter in Kalifornien versuchen, wo seine Schwester Carly lebte. Sie alle verabscheuten seinen Vater, also würden sie Cody bestimmt Asyl gewähren.

Er vertiefte sich so sehr in seine verzweifelten Fluchtpläne, dass er gar nicht bemerkte, wie sie die Kuppe des Hügels mit Blick auf die Ranch erreichten. Auch, dass sich Sabrina näherte, bemerkte er erst, als sie den Mund auf seinen drückte. Hätte er die Lippen nicht so fest zusammengepresst, sie hätte ihm die Zunge wohl bis zur Milz in den Rachen geschoben. Herrgott noch mal! Was hatte sie vor?

Cody sprang zurück und wischte sich mit dem Handrücken den Mund ab, bevor er die Hand an der Jeans rieb.

„Meinst du nicht, wir sollten uns erst ein wenig kennenlernen?“

„Ich würde dich zu gern besser kennenlernen, Cody.“ Ihre Hand schoss auf seinen Schritt zu. Er konnte sie gerade noch rechtzeitig vor dem Reißverschluss abfangen. „Tatsächlich habe ich das Gefühl, dich schon zu kennen.“

Das bezweifle ich. Obwohl er die Worte für sich behielt, musste sein Gesichtsausdruck ihn verraten haben, denn innerhalb eines Lidschlags verwandelten sich Sabrinas Züge vom Blick eines kessen Welpen in den eines bedrohlichen Pitbulls.

In dem Moment ereilte ihn eine Erkenntnis. Es ging nicht nur um ihn. Wenn er die Tochter des Alphas des Westend Rudels beleidigte, würde er sein gesamtes eigenes Rudel in Gefahr bringen. Sabrina würde heulend zu ihrem Daddy rennen, der prompt lauthals nach Rache brüllen würde. Codys Vater hatte ein Leben lang hart daran gearbeitet, Bündnisse zu schmieden, und er hatte dafür selbst bittere Opfer gebracht. Ein falsches Wort von Cody könnte eine neue Fehde entfachen. Und danach zu urteilen, was er über Sabrina gehört hatte, so wenig es auch war, gab es bei ihr nur ein einziges richtiges Wort: *Ja*.

Aus dem Schulhaus unten ertönte klassische Musik. Ein sehnsüchtig klingendes Lied, bei dem eine Geige singend um Befreiung zu flehen schien. Noch nie hatten sich die Noten so trostlos angehört wie an diesem Tag.

Der Teufel sollte seinen Vater holen! Hätte er nicht wenigstens fragen können?

Vage spürte Cody, wie sich Sabrina, dieser hartnäckige kleine Egel, an seine Schulter schmiegte. Es kostete ihn alle Selbstbeherrschung, sich nicht von ihr loszureißen. Mit einem übertriebenen Seufzer zeigte sie den Hang hinunter dorthin, wo früher die alte Räucherkammer gestanden hatte.

„Dein Vater hat gesagt, er baut uns gleich da ein großes Haus hin."

Cody drehte sich der Magen um. Genau die Stelle hatte er insgeheim für Heathers und sein künftiges Zuhause ins Auge gefasst. In seiner Fantasie hatte er dort bereits mit Kindern mit grünen Augen und champagnerfarbenem Haar sowie einem großen, gutmütigen Hund gelebt. Und mit Heather, immer mit Heather. Nur mit Heather.

Gott, wie wollte er je aus diesem Schlamassel entkommen?

Sein Blick raste gehetzt über die Ranch. Die Landschaft, die ihm bisher immer so endlos vorgekommen war, fühlte sich plötzlich beengt wie eine Gefängniszelle an. An dem Hügel dort drüben hatte sich vor einigen Jahren der Zwischenfall mit den Abtrünnigen ereignet. Im Osten lag die Stelle, an der Tyler und Lance Außenseiter abgewehrt hatten, die eine Gefährtin entführen wollten. Und weiter drüben verlief der Highway, ein Symbol der menschlichen Welt, das entlang der Grenzen ihres Territoriums verlief.

Während Cody alles auf sich wirken ließ, erschlafften seine Schultern. Er hatte hier eine Pflicht zu erfüllen.

Er versuchte, sich einzureden, dass er für Heather ohnehin nicht gut wäre. Sie waren einfach nicht füreinander bestimmt. Auch wenn es sich anfühlte, als würde es ihn umbringen, seine äußere Hülle würde noch einige Jahrzehnte funktionieren, egal, wie hohl er innerlich sein mochte.

Als Sabrina ihn mit einem weiteren Kuss quälte, leerte er mit einer Willensanstrengung die Gedanken, obwohl er ihren Geschmack nicht ausblenden konnte. Falsch. Das alles fühlte sich völlig falsch an. In ihm strampelte und brüllte seine Seele, äußerlich jedoch war er wie erstarrt. Als sie den Weg zurück den Hang hinunter antraten, hopste Sabrina praktisch triumphierend, während Cody die Füße niedergeschlagen über den Boden schleifte.

„Cody, ich brauche dich sofort!“, verkündete Tyler barsch und scheuchte Sabrina mit einem abschätzigen Blick weiter in Richtung des Ratsgebäudes. „Kyle hat angerufen. Es gibt eine neue Entwicklung in eurem Fall.“ Er packte Cody an der Schulter, zog ihn näher und senkte die Stimme zu einem rauen Flüstern. „Ich schwöre, ich habe nicht gewusst, dass Dad so was vorhat.“

Die Worte drangen wie vom anderen Ende eines langen Tunnels an Codys Ohren. „Spielt keine Rolle.“

Mühsam hievte er sich in seinen Pick-up. Die Schwerkraft fühlte sich dreimal so stark wie sonst an. Das Getriebe ächzte, als er den Rückwärtsgang einlegte, zurücksetzte und zum Highway losfuhr. Die Pflicht rief. Ganz gleich, wie sehr sein Wolf protestierte, etwas würde sich nie ändern: Er war der Sohn seines Vaters, und die Pflicht hatte Vorrang. Immer.

Ein Blick in den Innenspiegel zeigte ihm Tyler mit verbissener Kieferpartie. Codys Miene verfinsterte sich. Tja, er hatte es schon wieder getan. So sehr er sich bemühte, es gelang ihm jedes Mal aufs Neue, jemanden zu enttäuschen.

Sogar sich selbst.

Kapitel 17

Heather hatte den Schultag beschwingt hinter sich gebracht. Nach einer herrlichen Woche mit Cody – oder eigentlich eher herrlichen Nächten und Morgen mit Cody – strahlte sie förmlich. Trotz aller Ungewissheit in ihrem Leben hatte sie bei ihm eine neue Art von Ruhe gefunden. Das Glas fühlte sich halb voll statt halb leer an, was sie zuvor noch nie erfahren hatte.

Ach was, ihr Glas war mehr als halb voll. Es quoll geradezu über, vor allem in Hinblick auf körperliche Befriedigung. Allein Mittwochnacht hatte sich Cody eine gute Viertelstunde lang ihren Brüsten gewidmet, bis sie die Finger in sein Haar gefädelt und ihn nach unten zu ihrer Mitte geführt hatte. Dafür hatte Heather noch nie zuvor einem Mann genug vertraut, aber Cody.... Tja, mit ihm gab es eine Menge Premieren. Nie zuvor erlebte Ekstase war bei der ersten Berührung seiner Zunge über sie gekommen. Als er eine Minute später den Kopf hob, um nach ihr zu sehen, glänzten seine Lippen, und sie hätte geschworen, dass sie ein Wort direkt aus seinem Kopf aufschnappte. *Gefährtin.*

Danach wäre ihr beinah herausgerutscht: *Ich liebe dich, Cody.* Was lächerlich zu sein schien, denn wie konnte man sich so schnell verlieben? Es konnte sich doch nur um simple Vernarrtheit handeln, oder?

Irgendetwas tief in ihr lachte über den Gedanken. In die vergangenen zwei Wochen hatten sie genug Emotionen für zwei Jahre gepackt. Noch niemand zuvor hatte ihr das Gefühl gegeben, so vollständig zu sein. Allein seine stille Gesellschaft, wenn er in der Nähe saß, während sie abends die Aufgaben der Kinder korrigierte, empfand sie als herrlichen Traum. Allerdings wagte sie nicht, es auszusprechen, weil sie fürchtete, den Zauber sonst zu brechen. Stattdessen tippte sie es wie einen Morsecode Liebender auf seine Haut. Drei langsame Berührungen, Zeigefinger, Mittelfinger, Ringfinger. *Ich... liebe... dich.*

Eine Nacht nach der anderen hatte Cody ihre Albträume vertrieben und jenen Teil von ihr hervorgelockt, den sie längst verschwunden gewähnt hatte. In der dritten Nacht überprüfte sie die Schlösser nicht mehr doppelt und dreifach, spähte nicht bang durch die Vorhänge hinaus und erwachte später nicht schweißgebadet vor Angst. Heather erinnerte sich daran, wie das Leben früher gewesen war. Das Leben konnte gut sein, es konnte wunderschön sein.

Das berauschende Gefühl, das er ihr vermittelte, blieb ihr tagsüber erhalten. Sie fühlte sich größer, freier – als hätte sie ihre Yoga-Stunden verdoppelt oder eine Zauberpille geschluckt. Sie hatte sogar angefangen, vor sich hin zu summen, um Himmels willen! Genau wie im Augenblick, während die Musik spielte und die Kinder es sich zum Lesen gemütlich machten.

Ein Kichern lenkte ihre Aufmerksamkeit in den hinteren Bereich des Klassenzimmers. Timmy hatte draußen vor dem Fenster etwas Interessanteres als sein Buch entdeckt, *Die Abenteuer des Captain Underpants*. Heather bedachte ihn mit einem strengen Blick, bevor sie sich wieder ihren Korrekturen widmete. Insgeheim liefen in ihrem Kopf dabei unablässig Codys Küsse ab.

Timmy kicherte. „Cody hat eine neue Freundin."

Abrupt schaute sie auf, entsetzt, weil die Kinder offenbar hinter ihr Geheimnis gekommen waren. Hatte sie sich irgendwie verraten?

Nein, denn elf kleine Köpfe drehten sich dem Fenster zu und schauten zur Anhöhe hinauf, wo Cody mit einer halb so großen, kurvigen Brünetten eng umschlungen und Mund auf Mund stand.

„Cody hat eine neue Freundin – schon wieder", fügte Timmy hinzu und brachte damit alle zum Lachen.

Alle bis auf Heather, deren Herz im freien Fall durch die Brust nach unten raste. Sie stellte sich vor, wie es auf dem Weg in die Tiefe verzweifelt nach einem Halt krallte.

„Cody hat eine Freundin“, ertönte der Singsang einer Stimme.

„Cody hat eine Freundin“, stimmte der Rest der Kinder darin ein.

Cody hat eine Freundin, dachte Heather, der dabei speiübel wurde.

∞∞∞

Irgendwie überstand sie den Tag. Auf dem Heimweg hupte sie jedes verdammte Auto auf dem Highway an. Ungestüm parkte sie schließlich ein, knallte die Haustür hinter sich zu und brach dann schluchzend auf die Couch zusammen. Irgendwo hatte sie gelesen, dass der menschliche Körper zu sechzig Prozent aus Wasser bestand. Sie trat den Beweis an, denn der Großteil davon schien aus ihren Augen zu fluten, während sie unmenschliche Laute von sich gab und sich eng zusammenrollte.

Cody hat eine Freundin…

Als es später an die Tür klopfte, hatte sie sich längst als Häufchen Elend ins Bett zurückgezogen. Ein Klopfen, bei dem sie sonst jeden Abend freudig aufgesprungen war wie einer von Pawlows erbärmlichen Hunden. Wie naiv konnte man eigentlich sein?

Als es ein zweites Mal klopfte, bildeten all ihr Kummer und ihr Selbstmitleid einen spitzen Pfeil, mit dem sie auf die Tür zielte. Sie stapfte hin und riss sie auf. Und da stand er, dieser Abschaum!

Nur sah er nicht wie Abschaum aus, sondern wie Cody, süß und aufrichtig. Allerdings wirkte er auch gequält. Vielleicht… vielleicht sollte sie ihn anhören. Vielleicht…

„Heather…“, begann er und verstummte abrupt, als sein Handy in seiner Tasche klingelte.

Die neue Freundin? Hitze schoss Heather ins Gesicht. Der Mann war ein Meister der Täuschung. Sie würde nicht noch einmal auf ihn hereinfallen!

„Warte…“, rief Cody schrill.

Aber sie schnitt ihm das Wort ab, indem sie der Tür einen kräftigen Stoß versetzte und sie ihm vor der Nase zuschlug.

Diesmal schloss Heather sie nicht für eine zweite Chance, sondern endgültig. Still stand sie da und lauschte dem Widerhall durch das Haus.

Kurz drauf ertönte ein zaghaftes Klopfen. Als sie die Tür aufzog, stand davor ein verwirrter Cody. Er wirkte geradezu verletzt. Tja, Pech gehabt. Verletzt war Heather. Tatsächlich eher tödlich verwundet.

„Heather, ich muss...“

Sie wollte nicht hören, was er musste. Wieder schlug sie die Tür zu, und diesmal zitterte sie dabei genauso heftig wie das Holz.

Beim dritten Klopfen kochte ihr Blut über. Genug von ihm! Sie riss die Tür auf.

„Baby, ich...“

Baby? Sie war kein Baby. Und er kein Mann, sondern ein Feigling, ein Lügner.

„Hau ab!“, kreischte sie. „Für immer!“ Diesmal schlug sie die Tür so wuchtig zu, dass sie beinah aus den Angeln flog.

Sie beide waren fertig miteinander. Nie wieder würde sie beim schlichten Geräusch sich nähernder Schritte unbändige Vorfreude empfinden, nie wieder würde sie so unheimlich erfüllt aufwachen. Denn es gab keinen anderen für sie. Nur ihn.

Während sie an der Tür lehnte, hoffte sie halb auf ein viertes Klopfen. Vielleicht würde sie nicht die Kraft haben, Cody noch einmal die Stirn zu bieten, aber sie hatte es satt, ihr Leben von anderen bestimmen zu lassen. Von Leuten, die Angst in ihr entfachten, von Leuten, die Liebe in ihr erweckten. Letztere waren fast genauso schlimm wie Erstere. Also würde sie stark sein. Die alte Heather würde ihr Leben wieder in die Hand nehmen und einen Weg finden, sich durchzuschlagen.

„Heather...“

Codys Flüstern drang durch die Tür, begleitet von einem zarten Pochen, einem zweiten und einem dritten. *Ich... liebe... dich.* Alles in ihr toste, als sie sich die Ohren zuhielt. Wahrscheinlich bildete sie sich dieses Klopfen nur ein, weil sie sich zu sehr etwas wünschte, das nie eintreten würde.

Draußen vor der Tür klingelte erneut Codys Telefon. Die Freundin? Heather vergrub das Gesicht in den Händen. Wie hatte sie nur so leichtgläubig sein können?

Nach einem Augenblick der Stille setzte ein widerhallendes Pochen auf dem Boden ein – Codys leise Schritte. Heather achtete nicht darauf, dass sie schleppend und niedergeschlagen klangen – das durfte sie sich nicht gestatten.

Also vergrub sie den Kopf in den Armen und versuchte, die Geräusche auszublenden, mit denen Cody ihr Leben verließ.

Endgültig.

Kapitel 18

Heather versuchte, Unterrichtsstunden zu planen, um sich von Codys Verrat abzulenken, konnte sich jedoch auf nichts anderes konzentrieren als auf den Schmerz. Sie hätte es besser wissen müssen. Er war zu aalglatt, zu perfekt. Und entschieden zu erfahren. Ein Cowboy, ein Schürzenjäger. Was hatte sie denn erwartet?

Da sie bereits Tränen im Umfang eines Stausees vergossen hatte, beschloss sie, es stattdessen mit Wut zu versuchen. Wut konnte viel förderlicher dabei sein, etwas zu erreichen. Cody – was für ein Arsch.

Sie schaltete ihren Laptop ein und musste zusehen, wie er sich prompt wieder ausschaltete. Der Akku war leer – genau wie Heather –, und sie hatte das Netzkabel in der Schule vergessen. Zornig ließ sie die Hand so wuchtig auf den Tisch niedersausen, dass er erzitterte. Sie konnte auf keinen Fall bis Montag warten, immerhin musste sie Lese- und Schreibübungen für sechs Klassenstufen vorbereiten.

Na gut, verdammt! Dann würde sie eben einfach zur Ranch fahren und das verflixte Kabel holen.

Auf dem Weg zur Tür warf sie einen bangen Blick zur tief am Himmel stehenden Mondsichel. Man hatte ihr zwar davon abgeraten, die Straße zur Ranch nachts zu befahren, aber es handelte sich um eine Schulangelegenheit, oder? Sie würde hineineilen, sich das Kabel schnappen und gleich wieder weg sein. Niemand würde ihre Anwesenheit bemerken.

Heather fuhr mit heruntergelassenen Fenstern, ließ die kühle Nachtluft über ihre Haut streichen. Da draußen in der Wüste gab es so viel Platz, so viel Erde und Himmel. So viel Bedauern, das es sich ins Unendliche erstreckte.

Während des gesamten Wegs folgte ihr ein Pick-up mit eingeschaltetem Fernlicht. Konnte er sie nicht einfach überholen? Heather verfluchte den Wagen, dann sich selbst und schließlich Cody. Sie verfluchte sein sonniges Gemüt, sein gutes Aussehen, seine zärtlichen Berührungen. Wahrscheinlich trieb er sich gerade mit dieser Brünetten herum, der neuen Göttin auf seinem Altar. Heather befand sich bereits auf dem Ablagestapel zwischen so vielen anderen weinenden Karten.

Irgendwann wurde das gleichmäßige Dröhnen des Highways vom Rumpeln und Knirschen der Schotterstraße abgelöst, dem Lied der Ranch. Heather fuhr weiter, bis das Auto plötzlich schlingerte. Der Wagen zog nach links, und der Rhythmus der Räder veränderte sich zu einem hinkenden Holpern.

Ein kaputter Reifen. Gott, konnte es eigentlich noch schlimmer werden? Zornig schlug sie mit der Hand aufs Lenkrad. Verdammt, wenn sie mit einem gebrochenen Herzen durchhalten konnte, dann der Wagen auch mit einem platten Reifen. Sollte das Auto ruhig ein bisschen leiden.

Ächzend schleppte sich das Fahrzeug einen elenden Kilometer weiter, bevor Heather es ausrollen ließ. Sonst würde sie die Felge zerstören, sofern sie das nicht bereits hatte.

„Na toll." Sie schaltete den Motor ab und saß wutentbrannt da – mitten in der Nacht in der Pampa gestrandet, während draußen fröhlich die Grillen zirpten. Sie hörte, wie etwas durch die Nacht raschelte, und beobachtete, wie ein Steppenläufer vorbeikullerte, der sich über ihre Unbeweglichkeit lustig zu machen schien.

Na schön. Sie hatte schon mal einen Reifen gewechselt. Also würde sie es auch wieder hinbekommen. Hilfe zu rufen, war aussichtslos, weil ihr Handy auf dieser Strecke keinen Empfang hatte. Und überhaupt, wen sollte sie schon anrufen? Cody?

Heather schnaubte. *Cody, könntest du dich wohl für fünf Minuten von deiner neuen Freundin loseisen und mir mit einem platten Reifen helfen? Bitte, bitte?*

Das hätte als einzigen Vorteil, dass sie ihm noch ein paar Mal die Tür vor der Nase zuschlagen könnte.

Heather ließ die Scheinwerfer eingeschaltet und stieg in die trockene Nachtluft aus. Nach einem kurzen Schauder holte sie ihren Feldhockeyschläger vom Rücksitz und schwang ihn mehrmals hin und her, stellte sich dabei Klapperschlangen vor. Außerdem könnte sie damit auf den Reifen einprügeln – und vielleicht auf Cody, falls er zufällig vorbeikäme. Heather schlang die Arme um sich und betrachtete die Umgebung. Hinter dem schmalen Lichtstreifen der Autoscheinwerfer erstreckte sich ein tiefer Abgrund pechschwarzer Dunkelheit. Wer konnte schon wissen, was sich da draußen herumtreiben mochte? Heather umklammerte den Stock fester, näherte sich dem Reifen und trat dagegen.

Sie öffnete gerade den Kofferraum, um das Reserverad herauszuholen, als das Aufheulen eines Motors an ihre Ohren drang. Ein Fahrzeug war aus der Richtung des Highways gerade über die Anhöhe gekommen.

Erleichtert atmete sie durch und versteckte den Hockeystock hinter dem Rücken. Auf einmal empfand sie es als albern, ihn zu halten. Wenn ihr jemand zur Hand ginge, würde sie im Nu wieder unterwegs sein.

Mit einem Arm schirmte sie das Gesicht vor dem grellen Licht der Scheinwerfer ab und wünschte, der Fahrer würde auf Abblendlicht wechseln. Das Fahrzeug – irgendein schicker SUV – wurde langsamer und hielt schließlich an. Auf der Ranch fuhren alle staubige Pick-ups, die nie gewachst und poliert wurden wie dieser Wagen. Nach einer gewichtigen Pause, in der sich der Wind davonzuschleichen und zu verstecken schien, öffnete sich die Fahrertür. Ein großer, kantiger Mann stieg heraus, und schlagartig fuhr Heather Grabeskälte in die Knochen.

Plötzlich wollte sie keine Hilfe mehr. Sie wollte nur zurück ins Auto springen und davonrasen, mit oder ohne Platten. Aber es war zu spät.

„Guten Abend.“ Die entschieden zu weiche Stimme des Mannes drang durch die Nacht.

Er trat vor und musterte sie. Sein langes Haar war so schwarz wie frischer Teer und glänzte auch so. In einen angesagten Club in der Stadt hätte er gepasst, aber nicht hierher in die Wüste. Und statt eines dem Aussehen entsprechenden Geruchs – irgendein teures Eau de Cologne – verströmte er einen schwachen Hauch von Ammoniak.

„Brauchst du Hilfe?“ Die Stimme passte zum Rest von ihm: aalglatt, beinah ölig. Ein Mann, dem man nicht trauen konnte.

Heather umklammerte den Stock hinter ihrem Rücken, während sie eine Antwort stammelte. „Nein danke, ich habe alles im Griff.“

Er schlenderte vorn um ihren VW herum und warf einen kurzen Blick auf den Reifen, bevor er an der vorderen Stoßstange in Stellung ging. Heather wirbelte herum, als sie ein Klicken hörte. Die anderen Türen des SUV öffneten sich. Der Wagen spie drei weitere Männer aus und hob sich dann sichtlich, als er von ihrer Last befreit wurde. Zwei der Männer waren groß und schlank, ähnelten dem ersten. Der vierte erwies sich als Anblick direkt aus ihren Albträumen. Er bewegte sich mit gelassenem Selbstbewusstsein. Seine Haut schimmerte widernatürlich bleich im Schwarz-Weiß der Nacht. Dieser Mann verkörperte das reine Böse.

Heather atmete scharf ein.

„Was für ein Vergnügen, dich wiederzusehen, Heather.“ Alons Stimme glitt über ihren Körper und umklammerte sie. Heather wollte die Flucht ergreifen, doch ihre Beine verharrten wie angewurzelt, als wären sie damit einverstanden, in die Verbrechensstatistik des nächsten Tags einzugehen. Denn genau dort würde Heather enden, davon war sie überzeugt.

„Ich suche dich schon seit geraumer Zeit.“ Das Mondlicht erfasste seine Zähne, und sie sah das Aufblitzen von Fängen.

Bei seinen Worten überkam sie eine grausige Erkenntnis. Der Mann hatte sie wie ein Besessener quer durch das ganze Land gejagt. Sie hielt den Schrei zurück, der sich in ihrer Kehle aufbaute, und entsandte stattdessen ein stummes SOS. Dann verfluchte sie sich innerlich. Als ob irgendjemand es empfangen könnte.

Bittere Worte bäumten sich in ihren Gedanken auf. *Cody, könntest du dich wohl für fünf Minuten von deiner neuen Freundin loseisen und mir gegen einen Vampir helfen?*

Kapitel 19

Das hatte Cody noch nie gemacht – völlig niedergeschlagen eine Tür entlang bis zum Boden zu rutschen. Es glich einer neuen Yoga-Bewegung – einer, die keinerlei Hoffnung barg. So viele wunderschöne Nächte in Heathers Haus, und nun das.

Er flüsterte ihren Namen in den Türrahmen, dann tippte er den Code – den, von dem er dachte, dass er *Ich liebe dich* bedeutete. Mit gespitzten Ohren lauschte er auf eine geklopfte Erwiderung, doch im Haus rührte sich nichts. Sie hatte die Tür zu ihrem Herzen zugeschlagen.

Damit hatte er eine weitere Person bitter enttäuscht – und das, obwohl Heather noch nicht mal erfahren hatte, wer er in Wirklichkeit war.

Ist wohl besser so, belehrte ihn eine hohle Stimme, als er sich zurück zum Auto schleppte. Die Pflicht rief. Buchstäblich. Denn Kyle bombardierte ihn mit dem dritten dringenden Anruf in den letzten fünf Minuten.

Codys Kiefer mahlten. Er wusste, was er zu tun hatte – mit Kyle den Fall abschließen und danach zu seiner alten Routine auf der Ranch zurückkehren. Heathers Anstellung würd bald enden, danach wäre sie weg. Cody würde sich mit Sabrina paaren und irgendwann ein paar Welpen zeugen. Die Kleinen würde er zu lieben versuchen, auch wenn er Sabrina nie lieben könnte, und er würde sich bemühen, nicht daran zu denken, was hätte sein können.

Pflicht. Und wenn es ihn innerlich umbrachte, was sollte es schon?

Er rief seine Nachrichten ab. *Neues Opfer. Treffen uns am Meilenstein 13, Copper Mine Road. Kyle.*

Der Wind peitschte durch das offene Fenster seines Pickups herein und schien ihn zu rügen, während er fuhr. Doch es erwies sich als unmöglich, sich auf den Fall zu konzentrieren. Cody könnte für den Rest seines Lebens mit dem Wagen durch die Gegend brausen, trotzdem würde Heather ihm nicht aus dem Kopf gehen.

Die Copper Mine Road lag nicht weit von Heathers Adresse entfernt. An einer abgelegenen Stelle entlang der einsamen Straße schillerte ein Lichtermeer. Der Tatort. Drei Streifenwagen sowie Kyles Zivilfahrzeug standen dort um einen abseits der Straße geparkten Kleinwagen. Cody hielt an, machte aber keine Anstalten, auszusteigen. Stattdessen versuchte er krampfhaft, sich ins Gedächtnis zu rufen, warum das so wichtig war.

Weil eine Frau ermordet worden ist. Weil ich mit dem Lösen dieses Falls endlich den Respekt meines Vaters erlangen könnte.

Der zweite Grund ging spurlos an dem Trümmerhaufen in ihm vorbei. Der erste... Nun, dieser Frau konnte niemand mehr helfen, aber vielleicht würde der Tatort einen Hinweis liefern, mit dem sie die Vampire endlich festnageln könnten.

Widerwillig stieg er aus. Der Weg hinunter zum Boden kam ihm unheimlich lang vor.

Kyle näherte sich, die Miene grimmiger als grimmig.

„Wieder eine. Es ist letzte Nacht passiert, wurde aber erst jetzt entdeckt.“

Cody folgte ihm und duckte sich unter dem Tatortabsperrband zu dem Auto, das mit offenem fahrerseitigem Fenster neben einer Gruppe von dornigen Mesquiten stand. Alle Türen waren angelehnt. Ein leichenblasser Polizist bewachte das Fahrzeug.

„Dasselbe Profil“, sagte Kyle. „Weiblich, Ende zwanzig. Mehrere Schnittwunden.“ *Leergesaugt*, fügte er nur für Codys Ohren hinzu.

Einstichwunden? fragte Cody und spürte dabei das Jucken seiner Krallen. Ihm stieg bereits der auf Vampire hindeutende Ammoniakgeruch in die Nase.

Kyle schüttelte den Kopf. *Die Kehle ist wie bei den anderen tief genug aufgeschlitzt, um die Bisswunden zu kaschieren.*

Wieder hatten die Vampire zugeschlagen und ihre Spuren verwischt. Cody konnte den Rumpf der Frau sehen, ihre zerrissene und blutverschmierte Kleidung. Als er sich für einen genaueren Blick näher hinbeugte, erstarrte er.

Obwohl es sich nicht um Heather handelte, drohte sein Herz, aus der Brust auszubrechen. Das Opfer sah Heather so ähnlich, dass sich sein Magen krampfhaft verknotete. Der Dutt, die Haarfarbe, die allgemeine Statur – alles passte.

„Großer Gott“, stieß er flüsternd hervor.

Die Ähnlichkeit war entschieden zu ausgeprägt. Cody wirbelte von dem Anblick weg. Dann erstarrte er abermals, drehte sich langsam zurück und betrachtete das Auto – ein rostoranger Kleinwagen, der an den von Heather erinnerte.

Stolpernd bewegte sich Cody rückwärts in Richtung seines Pick-ups. „Kyle, steig ein!“ Er sprang hinters Lenkrad. Kyle näherte sich viel zu langsam für seinen Geschmack. „Steig schon endlich in den verdammten Wagen!“ Kaum hatte Kyle einen Fuß in der Tür, ließ Cody den Motor aufheulen und bretterte los. Als Kyle die Tür schloss, hatten sie bereits siebzig Sachen drauf und beschleunigten weiter.

„Äh, Cody...“ Kyles Igelfrisur betonte die Überraschung in seinen Zügen.

Cody klammerte das Lenkrad, um das Zittern seiner Hände zu bändigen. „Sie sieht genau wie Heather aus.“

„Wer ist Heather?“

Cody ignorierte die Frage. „Das letzte Opfer war auch nah dran. Und das Auto passt ebenfalls. Oranger, ausländischer Kleinwagen.“

Kyle beobachtete ihn eingehend und zog offenbar Schlüsse, während Cody auf hundert Sachen beschleunigte und hundertdreißig anvisierte... so schnell, wie der betagte Motor des Pick-ups es eben zuließ. Vampire waren hinter Heather her. Cody wusste nicht, warum oder wie. Er wusste nur, dass er sofort zu ihr musste.

Mit einer Hand am Steuer tippte er ihre Nummer ins Handy. Der Pick-up schlenkerte und holperte über den Seitenstreifen, bevor Cody ihn zurück auf die Fahrbahn lenkte. Er musste sich vergewissern, dass es ihr gut ging. Auch wenn sie ihn nicht sehen wollte, er musste unverzüglich zu ihr. Wenn es sein musste, würde er sich Heather über die Schulter werfen, zur Ranch bringen und dort für ihre Sicherheit sorgen, bis er die Vampire gefunden und ihre Asche über den ganzen Südwesten verstreut hätte.

Aber in der Leitung klingelte und klingelte es.

Er legte auf und versuchte es erneut, wünschte sich verzweifelt, Heather würde rangehen. Sie musste doch zu Hause sein, oder? Gequält raste der Pick-up weiter. Wieder keine Antwort. Er warf das Telefon beiseite und starrte finster auf die Kilometer, die noch zwischen ihm und ihrem Haus lagen.

„Die Opfer in New Mexico – was für Autos hatten sie?"

Kyle warf ihm einen verständnislosen Blick zu, dann holte er sein Handy heraus und wählte. Cody entsandte die Gedanken zu Heather. Angeblich konnten sich wahre Gefährten sogar über große Entfernungen hinweg aufspüren. Er schüttelte den Kopf über sich. Was für ein beschissener Test.

Mit aller Konzentration entsandte er eine Warnung. *Heather, schließ dich ein. Heather, versteck dich. Heather...*

Kyle grunzte und klappte sein Handy zu. „Beide Opfer hatten Fahrzeuge mit Fließheck, ausländisches Fabrikat. Orange."

Codys krampfhafter Griff zerbrach beinah das Lenkrad. Wo zum Teufel konnte Heather stecken?

Kapitel 20

„So wunderschön. So verängstigt.“ Alons Stimme glich altem Honig – zähflüssig, aber er schmeckte nicht richtig.

Furcht rüttelte an Heathers Knochen, aber sie verdrängte sie, denn sie musste stark bleiben – und vor allem wütend. Mit Wut ließ sich viel eher etwas erreichen – zum Beispiel, die eigene Haut zu retten.

„Ich würde gern mal dich nachts auf einer Straße und hoffnungslos in der Unterzahl sehen. Wärst du dann auch so taff?“ Sie bemühte sich, höhnisch zu wirken.

Alon schmunzelte. „Das liebe ich so an dir, Heather.“ Seine Zunge liebkoste das Wort *liebe*. „Diese innere Stärke.“ Er kam einen Schritt näher und schnupperte. „So herrlich. Niemand kann dir das Wasser reichen.“ Alons Blick bohrte sich in sie, nagelte sie fest wie einen Schmetterling auf einer Schautafel. „Weißt du, Cathy war eine herbe Enttäuschung.“

Ihr Herz wütete in der Brust wie ein Presslufthammer. Cathy hatte ein schreckliches Ende erlitten, während Heather entkommen war. Aber dieses Mal nicht.

„Oh nein, keine Angst. Dafür bist du zu gut.“

Sie sah sich um, betrachtete die anderen Männer. Alle wirkten wie teilnahmslose Roboter, die auf einen Befehl warteten. Wie würde er lauten? Töten? Vergewaltigen? Aufschlitzen? Ihre Beine zitterten, während sie verzweifelt Ausschau nach einem Ausweg hielt. Bestand eine Chance, ihnen zu entkommen? Sich zu wehren? Irgendeine Chance?

Alon gab ihr mit der Hand einen Wink – und oha. Der Mann musste über magnetische Kräfte verfügen, denn um ein Haar hätte sich Heather einen Schritt auf ihn zubewegt. Aber sie riss sich gerade noch rechtzeitig zusammen und entsandte ein weiteres stummes Flehen in die Nacht. Wenn sie nur genug Zeit herausschinden könnte, würde vielleicht jemand von der Ranch vorbeikommen.

„Ich will dir nichts tun." Seine Stimme versuchte, sie zu beruhigen, doch der eisige Tonfall verriet ihn.

Genau.

„Werde meine Gefährtin, Heather." Wieder zeigten sich seine Fänge. „Du wirst eine Königin sein."

Ihr Magen zog sich zusammen.

„Komm mit mir, Heather."

Nur über meine Leiche. Beinah hätte sie es laut ausgesprochen, aber wozu einen Vampir in Versuchung führen?

Mit einem übertriebenen Seufzen verringerte er den Abstand zwischen ihnen. „Ich habe das Warten satt, Heather. Wenn du mir nicht gibst, was ich will, dann nehme ich es mir." Er setzte zu einem letzten Schritt an.

Heather verlagerte das Gewicht, holte den Hockeyschläger hinter dem Rücken hervor und schlug mit aller Kraft zu. Noch nie zuvor hatte sie so viel Wucht in einen Schlag mit dem Stock gelegt. Andererseits kämpfte sie ja auch um ihr Leben.

Zu spät riss Alon den Arm hoch, um den Hieb abzuwehren. Der Stock traf ihn mit einem übelkeitserregenden Laut und schleuderte ihn nach rechts. Heather sprang zurück, bevor sie erstarrte, verblüfft davon, was sie gerade getan hatte. Den anderen drei Vampiren erging es genauso – sie stürzten vor, bevor sie abrupt innehielten.

Alon hatte sich mit einer Hand abgestützt. Die andere ruhte auf seiner weit aufgerissenen Wange. Heather sah, wie sich seltsames, rot-blaues Blut über dem Knochen sammelte.

Langsam richtete sich der Vampir auf und überlegte eine Weile, während er sein eigenes Blut kostete. Aus den dunklen Augen, die den Blick auf Heather hefteten, sprach reine Bösartigkeit – so intensiv, dass letztlich Heathers Fluchtreflex ansprach. Ihre Beine setzten sich in Bewegung und wollten sie verzweifelt wegbefördern.

Hinter ihr zischte Alon drei Worte. „Dafür stirbst du."

Die Angst beflügelte Heathers Beine ausreichend, um einen Vorsprung herauszuholen. Sie schaffte es bis zum Straßenrand, bevor der erste Vampir auftauchte, ein dunkler Schemen über ihrer linken Schulter. Heather sprang nach rechts, wirbelte herum und schwang den Stock im reinen Überlebensmodus. Er traf sein Ziel so wuchtig, dass die Vibrationen durch ihre Hände gingen. Sie hielt nicht inne, um zu sehen, wo der Schlag gelandet war, aber dem gequälten Grunzen des Mannes nach musste es wohl schmerzen. Nur reichte es nicht, um ihn aufzuhalten, geschweige denn, um alle vier abzuschütteln.

Noch ein paar Schritte, dann würde sie in die Dunkelheit der Nacht eintauchen. Die Vampire befanden sich dicht hinter ihr, streckten sich nach ihr. Instinkte verrieten ihr, dass sie sich auf ihren Hals stürzen würden, sobald sie Heather zu fassen bekämen. Verzweifelt rannte sie weiter, fest entschlossen, wenigstens beim Versuch zu sterben, ihnen zu entkommen, nicht schicksalsergeben wie ein Schaf. Auch wenn niemand den Unterschied bemerken würde, sobald sie tot wäre. Und wer würde sie schon vermissen?

Die Nachtluft vor ihr flimmerte wie sonst nur in der Mittagshitze. Irgendetwas stürmte aus den Tiefen der Wüste geradewegs auf sie zu. Schlitternd bremste sie ab. Gab es da draußen noch mehr Vampire?

Ein eindringliches Flüstern, vielleicht auch nur das kratzige Rascheln eines Gebüschs, forderte sie auf, sich zu ducken. Es fühlte sich wie ein Befehl an, dem ihre Beine gehorchten, noch bevor ihr Verstand es genauer analysieren konnte. Sie hechtete in dem Moment zu Boden, als eine dunkle Masse aus der Finsternis gesprungen kam. Etwas streifte ihren Rücken, und sie knallte hart auf den Boden. Bei der Landung verrenkte ihr der Hockeystock das Handgelenk. Hinter ihr entflammte Gewalt. Sie rollte sich herum und versuchte, klar zu denken.

Lauf zum Auto! drängte sie ein weiteres körperloses Flüstern. *Lauf zum Auto!*

Heather rappelte sich auf die Knie. Ihr Auto befand sich nicht weit entfernt, und die Heckklappe stand weit offen. Auf der Straße entstand ein Gewirr von Geräuschen und Schatten, als die Vampire und die unverhofft aus der Nacht aufgetauchte Kreatur aufeinanderprallten. Das Geschöpf bestand aus Fell, Reißzähnen und blanker Wut. Wild bellend hieb es mit mächtigen Krallen um sich.

Heather blinzelte. War das ein riesiger Kojote? Nein, stellte sie fest, als die Kreatur ins Licht der Scheinwerfer geriet. Ein Wolf. Ein riesiger, wutentbrannter Wolf. Etwas blitzte aus dem verschwommenen Handgemenge auf, und Heather erstarrte beim Anblick von blauen Augen mit goldenen Einsprengseln.

Lauf zum Auto, Heather!

Der Wolf trieb die Angreifer in Richtung des SUV. Heather zwang sich, hinter ihnen vorbei zu ihrem Auto zu schleichen. Wenn sie sich darin einschließen könnte, hätte sie vielleicht eine Chance. Mit dem Stock in der Hand beschleunigte sie die Schritte, wurde jedoch von einem von Alons Männern wuchtig gerammt und gegen den Wagen geschleudert. Die gesamte Luft wurde ihr aus der Lunge gepresst, ihre Rippen schrien gequält auf. Spitze Fingernägel bohrten sich in ihren Hals und rissen ihren Kopf zurück. Ihr zwischen dem Blech des Autos und ihrem Körper eingekeilter Stock war nutzlos. Der Geruch von Asche stieg ihr in die Nase, begleitet vom unverkennbaren Gestank von Tod und Verwesung. Sie presste die Augen fest zu, als ihr ein heißer Atemstoß in den Nacken wehte. Heather war hilflos gefangen.

Als die Spitze eines Reißzahns ihre Haut berührte, dröhnte etwas in ihr Ohr, das sich wie ein heranrasender Güterzug anhörte. Sie wurde weggeschleudert, prallte auf Metall und dann auf Erde, bis sie unsanft am Vorderreifen ihres Autos zum Liegen kam. Heather nahm alles verschwommen wahr, eine Flut von visuellen und akustischen Sinneseindrücken, überlagert von einem Moschusgeruch. Als sie die Augen öffnete, sah sie Beine – etliche pelzige Hundebeine. Sie war von wilden Hunden umzingelt – nein, von Wölfen.

Aus mehreren Kehlen wurde wild geknurrt, dann folgte ein Schrei, und der Vampir vor ihr fiel. Die Wölfe stürzten sich als todbringendes Gewirr von Muskelmasse und Fell auf ihn. Heather robbte rückwärts davon weg, während sie zu erfassen versuchte, was vor sich ging. Wer griff wen an?

Zwei Wölfe sorgten dafür, dass sie sich nicht vom Auto entfernte. Ihr Knurren ging in ein tiefes Grollen über, als sie Heather die Hinterteile zuwandten und vor ihr einen lebenden

Schutzschild bildeten. Der lohfarbene Wolf unmittelbar vor ihr hatte lange, schlaksige Beine. Der daneben besaß ein Fell in dunkelsten Brauntönen.

Dahinter hatte sich die Straße in ein Schlachtfeld verwandelt, auf dem der erste Wolf wütete – der mit dem goldenen Fell und der Kerbe in einem Ohr. Zwei Vampire griffen ihn mit vor Geschwindigkeit verschwommenen Klauen und Fängen an. Zwei andere Wölfe standen über den gefallenen Vampiren. Einer hatte stacheliges Fell und einen krummen Schwanz. Der andere war ein Riese, eine gute Handbreite größer als alle anderen. Braun-schwarz wie die Nacht. Intensiv. Knurrend beobachtete er den Kampf. Warum half er dem helleren nicht, der mit den letzten beiden Vampiren rang? Jener Wolf focht mit bereits blutverschmiertem Fell den Kampf seines Lebens. Wieso griffen die anderen nicht ein? Warum unternahmen sie nichts?

Heather schob sich mit hoch erhobenem Hockeystock zwischen die beiden Wölfe unmittelbar vor ihr. Ihrem Verstand war der Wahnsinn ihres Handelns bewusst, doch ihr Körper war fest entschlossen zu dieser Selbstmordmission.

Ein Knurren, ein Schubs, und sie befand sich wieder am Auto. Einer der Wolf grollte warnend.

„Warum helft ihr ihm nicht?“, brüllte sie. „Warum nicht?“

Der Wolf legt den Kopf bald in die eine, bald in die andere Richtung schief. Seine eindringlichen Augen der Farbe dunkler Schokolade versuchten, ihr etwas mitzuteilen. Der zweite Wolf schüttelte den Kopf.

Heather legte ihrerseits den Kopf schief. Sie wollten ihr irgendetwas begreiflich machen. Aber was? Dass es für den goldenen Wolf die Chance war, sich zu beweisen? Ging es darum? Heather wandte den Blick ab, als sich seine Kiefer um den Hals des einen Vampirs schlossen. Im selben Moment stürzte sich Alon mit gefletschten Fängen von hinten auf ihn.

Gerade noch rechtzeitig schüttelte der sandfarbene Wolf seinen Angreifer ab und wirbelte zu ihm herum. Damit war es ein Duell: Wolf gegen Alon, dessen Augen weiß leuchteten, umgeben von einem gefährlichen roten Rand.

Heather wollte, dass es endete. Aber sie würde in diesem Kampf um ihr Leben nicht zurückweichen. Außerdem kamen ihr diese Wölfe irgendwie bekannt vor. Sie waren ihr zu Hilfe geeilt.

Was einen völlig neuen Gedankengang in ihr anstieß. Wenn es Vampire gab, dann...

Beim Todesstoß, der Alon das Genick brach, zuckte Heather heftig zusammen. Bei den übelkeitserregenden reißenden Geräuschen, die darauf folgten, schloss sie die Augen. Und endlich kehrte auf der Straße eine Stille ein, die nur von schweren Atemgeräuschen unterbrochen wurde. Als Heather die Augen wieder öffnete, schwankte der sandfarbene Wolf mit gesenktem Kopf und hatte sichtlich Mühe, sich auf den Beinen zu halten. Als diese leuchtend blauen Augen den Blick auf Heather richteten, zuckte das Ohr mit der Kerbe, und sie wusste endgültig Bescheid.

Stell dir ein Rudel Hunde vor, hatte Tina gesagt. *Oder besser noch Wölfe. Unsere Jungs sind sehr ähnlich.*

„Cody“, flüsterte sie.

Cody war ein Wolf. Das waren seine Augen, die Heather flehentlich ansahen. Seine Gliedmaßen, die ihn Schritt für gequälten Schritt vorwärts schleppten.

Und plötzlich ergab alles einen Sinn. Die clanartige Organisation der Ranch. Die streng gehütete Privatsphäre. Der strikte Gebietsschutz.

„Das bist du“, murmelte Heather.

Die anderen Wölfe gaben eine Schneise frei, schnupperten an Cody und winselten besorgt. Er ignorierte sie alle und schlurfte weiter, bis seine Nase beinah Heathers Zehen berührte. Dann sank er mit dem Bauch auf den Boden und betrachtete sie aufmerksam. Damit war sie am Zug.

Alle Blicke richteten sich auf sie. Ihr Verstand schien in Schockstarre verfallen zu sein, aber ihr Körper handelte instinktiv, ging langsam in die Hocke und streckte dem Wolf eine offene Handfläche entgegen. Er schnupperte daran. Heather streckte sich weiter und berührte das einzige nicht blutverschmierte Fleckchen Fell. Der Wolf schloss die Augen und stieß gedehnt den Atem aus, vermittelte damit Dankbarkeit.

Heather strich mit den Händen über ihn und legte sie dann an die riesige Schnauze. Er war es wirklich. Sie sah es in seinen Augen. Junge. Mann. Geliebter. Wolf.

„Cody“, stieß sie mit schriller, zittriger Stimme hervor.

Als sie gerade glaubte, sie würde sich in seinen wunderschönen blauen Augen verlieren, brach in der Nähe ein Tumult aus. Ein neuer Wolf betrat die Szene, und alle anderen spannten nervös die Körper an.

Mit dem Hockeystock im Anschlag trat Heather schnell vor. Sie würde auf keinen Fall zulassen, dass irgendjemand Cody anrührte.

Der Neuankömmling, ein angegrauter alter Wolf, schritt abfällig grollend auf sie zu. Das Tier brachte bestimmt um die fünfzig Kilo mehr als sie auf die Waage. Sie umklammerte ihren Stock fester und geriet in Versuchung, ihrerseits zu knurren, getrieben vom fremdartigen Instinkt, Cody zu beschützen, der sich gerade mühsam auf die Beine rappelte.

Die Augen des grauen Wolfs bohrten sich mit ihrem eindringlichen Blick in sie. Er knurrte, aber Cody knurrte zurück. Dann ließ ein brauner Wolf mit funkelnden Augen ein Grunzen vernehmen. Heather starrte hin. War das Tina? Der Riese, der sich nach vorn drängte, konnte nur Ty sein, und der langbeinige Wolf neben ihm – Lana? – wirkte angriffslustig.

Eine Art Pattsituation entstand. Cody wurde von dem alten Wolf herausgefordert. So viel konnte sich Heather zusammenreimen. Die anderen standen eindeutig auf Codys Seite, ließen ihn jedoch den Kampf selbst ausfechten. Alle Wölfe auf der Straße strahlten Anspannung aus. Codys Schwanz fegte bald nach links, bald nach rechts, streifte Heathers Beine mit den gleichmäßigen Bewegungen eines Pendels. *Mein. Gefährtin.* Die Wüste warf die Worte zurück und verstärkte sie.

„Hat er nicht schon genug getan?“, rief sie und richtete den vorwurfsvollen Ton an alle.

Der graue Wolf starrte sie an, musterte sie. Heather verharrte steif, umklammerte ihren Stock und war bereit, ihn auf jeden zu schwingen, der es wagte, ihren Wolf anzugreifen.

Ihren Wolf. Sie musste wahnsinnig sein.

Mittlerweile lehnte sich Cody schwer an ihre Waden. Er war mit seinen Kräften eindeutig am Ende, trotzdem gab er nicht auf. Gott, wann würde endlich jemand Nachsicht mit ihm haben? Sie umklammerte den Stock fester, beugte sich vor und versuchte, den alten Wolf mit schierer Willenskraft zu vertreiben.

Schließlich stieß das graue Tier das müde Seufzen eines Märtyrers aus, wandte sich mit einem wütenden Schwanzzucken ab und stapfte grollend in die Nacht davon. Heather schwankte, als das Licht von Scheinwerfern durch die Dunkelheit schnitt und Schritte – von Füßen und Pfoten – über die Straße pochten. Die Wölfe beschnupperten und leckten sich gegenseitig, die Menschen traten gegen die Asche der Überreste der Vampire.

Dann gab es nur noch Cody und sie. Ob Wolf oder Mensch war ihr vorerst herzlich egal, sie schmiegte sich eng an ihn, Haut an Fell. Eine lange Weile atmete sie seinen Duft ein. Irgendwann jedoch flüsterte eine Frauenstimme etwas, und Hände halfen ihr auf die Beine. Als Nächstes bekam sie mit, dass sie auf dem Rücksitz eines Pick-ups saß, die Arme um Cody geschlungen. Den menschlichen Cody, der in eine Decke gewickelt ihren Namen murmelte.

„Heather..."

Vielleicht hatte sie alles nur geträumt. Sie hatte eine Reifenpanne gehabt, und jemand war gekommen, um sie abzuholen. Es hatte gar keine Vampire gegeben, keinen Kampf. Keinen Alptraum auf einer abgelegenen Landstraße.

So sehr sie dran glauben wollte, ein Blick in Codys Gesicht erzählte ihr eine andere Geschichte.

„Lass es mich erklären...", begann er mit brüchiger Stimme.

„Nicht jetzt." Sie umklammerte ihn fester. Durch Worte konnte das alles nicht weniger verrückt oder wirklich werden. Sie verstärkte den Griff um ihn und verschloss die Augen vor einer Welt, die zu sehen sie sich nicht bereit fühlte.

Kapitel 21

Irgendwie überstand Heather die nächsten drei Tage. Sie verkroch sich in Codys Haus, verzweifelte abwechselnd über seine Wunden und staunte darüber, wie schnell er sich davon erholte. Sie bewältigte seine Erklärungen über die Lebensweise der Wölfe – wie sie ihre Gestalt verwandelten, wie Gefährten durch einen Biss ewige Blutsbande schmiedeten, wie die Hierarchie des Rudels funktionierte. Abschließend fügte er hinzu, was sich derzeit daran veränderte. Die ältere Generation lernte allmählich, dass die jüngere Generation ihre Kuppelversuche für Machtgewinn nicht akzeptieren würde.

Es gab keine neue Freundin. „Es gibt nur dich", schwor ihr Cody und zog sie an sich.

Am dritten Abend stand Heather sogar ein gemeinschaftliches Essen durch, bei dem sich um die hundert neugierige Augenpaare auf sie richteten. Der Anblick ließ sie an der Tür kurz zögern, obwohl Cody stolz ihre Hand drückte.

„Wir erleben nicht jeden Tag einen Menschen mit genug Mumm, um dem Blick meines Vaters standzuhalten."

Ihr Gesicht musste ihre Verunsicherung wohl verraten haben, denn Cody wirbelte prompt zu den Versammelten herum.

Augen runter! donnerte er einen mentalen Befehl, dem sogar Heather gehorchte. Aus dem Augenwinkel bekam sie mit, wie er alle finster anstarrte. Erst danach entspannte er sich und drückte ihre Hand.

„He", flüsterte er, „es wird alles gut. Du wirst das großartig machen."

Davon war sie nicht überzeugt. Eigentlich wusste sie gar nichts mehr mit Sicherheit. Sie lehnte sich dicht an ihn, mehr, um sich an ihn zu stützen, als um zu flüstern: „So was kannst du? Einem ganzen Raum voll Leuten einen mentalen Befehl erteilen?“

Cody schürzte die Lippen. „Anscheinend. Das habe ich vorher noch nie gemacht.“

Sie hätte schwören können, dass er danach noch ein, zwei Zentimeter größer war. Dennoch behagte ihr die unerwünschte Aufmerksamkeit überhaupt nicht. Cody ergriff mit beiden Händen ihre Hand und küsste ihre Knöchel, während ihre Nerven flatterten. Er führte sie zum Haupttisch am Ende des Saals direkt neben einem riesigen Kamin aus Stein, über dem Geweihe und knorrige Holzstücke hingen, die von der Wüste zu Kunstwerken geformt worden waren.

Bald stellte sich wieder leises Gemurmel ein, und man schenkte den Neuankömmlingen demonstrativ keine Beachtung mehr. Abgesehen von den Schulkindern, die aufgeregt hopsten und winkten. Cody steuerte seinen offenbar üblichen Platz rechts von Tyler am Kopfende des Tischs an. Allerdings bremste Tyler ihn mit einem Brummen. Ihre Blicke begegneten sich, und Heather spürte den gegenseitigen Respekt zwischen den Brüdern. Dann deutete Tyler mit dem Kinn auf den freien Sitz am anderen Ende. Am anderen Kopf sozusagen.

Codys Mund klappte auf, und eine Sekunde verstrich. Schließlich holte er tief Luft, steuerte zu seinem neuen Platz und zog rechts daneben einen Stuhl für Heather heraus. Mit auf ihre Füße gerichtetem Blick setzte sie sich und überlegte, ob sie je in diese Welt passen würde. Trotz des menschlichen Anstrichs dieser Leute zeichnete sich die Wolfshierarchie klar und deutlich ab.

Cody verhielt sich untypisch still, während Tina, Lana und Josie eine lockere Unterhaltung am Laufen hielten, bei der es sich um alles Mögliche drehte, nur nicht um Vampire und Wölfe. Auch die kleine Tana trug zur Auflockerung bei, indem sie Kunst aus Essen präsentierte: Ins Kartoffelpüree geritzte Zeichen und lächelnde Gesichter aus grünen Bohnen. Heather fing gerade an, sich zu entspannen, als sie sah, wie Codys Vater den Saal betrat. Sie rutschte auf ihrem Sitz tiefer und betete, der Mann würde sich nicht an ihrem Tisch niederlassen.

Tina tätschelte ihre Hand. „Keine Sorge. Er sitzt bei den alten Miesepetern da drüben.“

All das überstand Heather, ihre Feuertaufe im inneren Kreis des Wolfsrudels. Danach schaffte sie es ruhig und gefasst zurück zu Codys Haus. Erst dort explodierte die Realität in ihrem Kopf. *Vampire. Werwölfe. Cody. Gefährte.*

Und sie sollte sich keine Sorgen machen?

An der Stelle schnappte sie über, rannte hinaus und bestand darauf, dass Cody sie nach Hause fuhr – zurück in die menschliche Welt. Die qualvolle Fahrt verbrachte sie mit hinter den Händen verstecktem Gesicht. Ihr Verstand drohte, zu zerbrechen, und ihr Herz würde wahrscheinlich wenig später folgen. Cody wollte ihr ins Haus folgen, aber sie schob ihn zurück hinaus und schloss die Tür so heftig, dass es an ein Zuschlagen grenzte. Sie konnte nicht anders. Ihr Körper zitterte so heftig.

Und dann war er weg. Gewissermaßen. Denn sie hätte schwören können, dass sie danach die Umrisse eines Wolfs auf der Straße patrouillieren sah. Heather zog den Vorhang zu. So. Damit hatte sie wieder Ruhe und ihren Freiraum.

Allerdings erwies sich die Realität als niederschmetternd.

In den nächsten zwei Tagen weinte Heather viel, rannte fahrig umher und flüchtete sich in Wunschdenken. Sie ließ sämtliche Türen und Fenster geschlossen, um sich von der Außenwelt und all den übernatürlichen Wesen abzuschotten, die sie nicht verstehen wollte. Um den Schmerz des Wissens zu lindern, dass es nicht funktionieren würde, schlang sie fest die Arme um sich. Ganz gleich, wie sehr sie Cody liebte, es würde nicht funktionieren.

In den frühen Morgenstunden des dritten Tags packte sie ihre wenigen Habseligkeiten ins Auto, legte eine Monatsmiete auf die Arbeitsplatte in der Küche und ging, ohne eine Nachsendeadresse zu hinterlassen. Sie wollte fliehen, schnell und weit weg. Eine Wiederholung ihrer Flucht aus Pennsylvania, blind und verzweifelt.

Sie fuhr und fuhr, als wäre ihr ein unsichtbarer Feind auf den Fersen, raste so schnell nach Westen, dass sie sich fragte, ob ihr der Kontinent ausgehen würde, bevor der Drang, zu entkommen, gestillt wäre. Irgendwann jedoch sammelte sie sich langsam, allmählich und verringerte den Druck aufs Gaspedal. Schließlich rollte sie rechts ran und stellte den Motor ab. Schweigend saß sie da, starrte auf die Landschaft und ließ die Erhabenheit der Wüste auf sich wirken. Was tat sie eigentlich? Heather schloss die Augen und blickte tief in sich hinein.

Bei der Flucht von der Ostküste hatte sie gedacht, sie hätte alles verloren.

Als die Vampire sie in Arizona eingeholt hatten, war sie nur eine Haaresbreite davon entfernt gewesen, ihr Leben zu verlieren. In Wirklichkeit hatte sie gar nichts verloren, außer vielleicht ihre Unwissenheit. Stattdessen hatte sie gefunden. Ein neues Leben. Einen guten Mann. Eine eng verbundene Gemeinschaft.

Wovor genau lief sie also davon?

Eine Brise brachte die nahen Büsche zum Tanzen und Winken und lenkte Heathers Aufmerksamkeit auf die Landschaft, die sie von Anfang an fasziniert hatte.

Eine Minute später ließ sie den Motor aufheulen und wendete, um zurück nach Osten zu fahren. Ihre Atmung beruhigte sich ebenso wie ihr Herzschlag, während sie einem inneren Kompass folgte, und mit jedem Kilometer steigerte sich ihre Gewissheit. Bei Sonnenuntergang wischte sie sich eine letzte Träne aus dem Auge und blickte auf zwei sich überlappende Kreise hinauf, die in einer lauen Brise schwangen. Das Brandzeichen der Ranch über dem Tor. Mit einem verhaltenen Lächeln drehte Heather das Gesicht dem von Farbschlieren überzogenen Himmel zu.

Hier. Dieser Ort war ein Zuhause.

Musik führte sie geradewegs zu ihm, nachdem sie das Auto geparkt hatte und ein paar Schritte gegangen war – nach Osten, zum Schulhaus. In Richtung einer vertrauten, sehnsüchtigen Melodie.

Es wurde schnell dunkel, aber im Schulhaus brannte Licht. Als sie näher hingelangte, schwenkte sie auf den Weg. Etwas hatte sich verändert. Ein halber Stapel Schindeln lag an der Ecke, und eine Leiter lehnte am Dach. Auch der Gehweg war anders. Jemand hatte den losen Kies zu einem sauber abgegrenzten Weg geharkt, den solarbetriebene Gartenleuchten säumten, die Lichtkegel auf den Boden warfen und zum Schlendern einluden. Langsam steuerte Heather auf das Haus zu, öffnete die Tür an der Südseite, trat ein und hielt den Atem an.

Ihr Herzschlag beschleunigte sich, als sie sich umsah. Obwohl sich niemand im Raum befand, musste bis vor Kurzem jemand hier gewesen sein, denn die Musik lief noch, und das Licht brannte. Und auch im Klassenzimmer erwies sich einiges als neu.

Langsam ließ sie den Blick über die Veränderungen wandern und errötete bei jeder Entdeckung. Die staubige alte Tafel war verschwunden. Ein nagelneues, dem Klassenzimmer zugewandtes Whiteboard hatte sie ersetzt. Der Wasserspender tropfte nicht mehr. Das hintere rechte Fenster mit der gesprungenen Scheibe war endlich repariert worden, und drüben auf der linken Seite...

Beim nächsten Atemzug erstarrte sie. Das schiefe Bücherregal und ein ungenutzter Schreibtisch waren verschwunden, um Platz für einen aquamarinblauen Teppich und zwei Sitzsäcke zu schaffen, einen grünen und einen blauen. In der Ecke stand eine Schatztruhe mit aufgeklapptem Deckel, damit man die Bücher darin sehen konnte. Und an die Wand hatte jemand ein Unterwassermotiv gemalt, einschließlich... Ja, einschließlich eines Kraken, der acht Bücher las. Unwillkürlich hob Heather die Hand an den Mund. Cody hatte die Leseecke genau so perfekt gestaltet, wie er sie beschrieben hatte. Nur gab es sie nun wirklich.

Die Kinder würden begeistert davon sein. In einer solchen Leseecke würde vielleicht sogar Timmy stillsitzen.

Am liebsten hätte sich Heather auf einen Sitzsack gelümmelt und alles auf sich wirken lassen, doch das musste auf ein anderes Mal warten. Denn in ihren Eingeweiden brodelte es immer noch aufgewühlt, weil sie unbedingt ihren Gefährten finden musste.

Gefährte. Da sie mittlerweile Gelegenheit gehabt hatte, sich eine Weile an das Wort zu gewöhnen, gefiel ihr der Klang.

Sie trat zurück hinaus unter die Sterne. Als sich ihre Augen an das schwächere Licht gewöhnt hatten, entdeckte sie ihn.

Cody saß am anderen Ende der Veranda mit dem Rücken zur Wand, den Kopf zurückgeneigt, als zählte er die Sterne. Aber vielleicht hatte er den Versuch aufgegeben, denn er hatte die Augen geschlossen, während er in einer Hand ein Bier hielt. Wohl ein kaltes Getränk am Ende eines arbeitsreichen Tags, wenn man nach den Veränderungen am Schulgebäude ging. Als sich Heather vor ihn hinstellte, tänzelte und wieherte ihr Herz wie ein aufgeregtes Fohlen.

Aber irgendetwas stimmte nicht. Cody wirkte untypisch ruhig und schien nicht zu hören, wie sie sich näherte.

„Cody", flüsterte sie, dann räusperte sie sich und sprach lauter. „Hi." Eine lahme Begrüßung für einen solchen Augenblick, doch ihr Gehirn funktionierte noch nicht richtig.

Als Codys die Lider nach einem stillen Moment halb öffnete, überraschte sie seine Reaktion.

Er hob die Bierflasche wie zum Prosten an. „Hallo, Heather." Seine Stimme klang hohl, emotionslos und sehr müde. Dann schloss er die Augen wieder,

Und das war alles.

Heathers Herz stürzte ab. Hatte sie sich mit allem geirrt? War er wütend auf sie? War er...

Dann redete Cody weiter, als hätte er nie aufgehört. „Mein Gott, jetzt sehe ich dich schon, wenn ich die Augen offen habe." Hoffnungslos schüttelte er den Kopf. „Ich sehe dich, wenn sie offen sind. Ich sehe dich, wenn sie geschlossen sind. Ich sehe dich, wenn ich schlafe..."

Ein stechender Schmerz durchzuckte Heather, als sie begriff, was er meinte.

„Ich sehe dich Tag und Nacht." Er schwenkte die Hand, während er Heather mit den Lidern auf halbmast von oben bis unten musterte. Dann drückte er sich die Flasche an den Bauch und schloss die Augen fester als zuvor. „Und jetzt rede ich auch noch mit dir, als wärst du wirklich hier."

Ihre Knie schlotterten, ihre Hände zitterten. „Cody, ich bin hier."

„Gott, jetzt kann ich dich sogar riechen."

„Cody, ich liebe dich."

Als er die Augen wieder öffnete, wirkte das Blau darin stumpf und gräulich. „Ja, auch das kommt in meinem Traum vor." Sein Lächeln war süß und doch so traurig, dass Heather zu schmelzen drohte. „Du sagst das und etliche andere schöne Dinge, die ich mir immer wieder anhören könnte. Du siehst mich an, als könntest du in mich hineinschauen. Du berührst mich..." Er fuhr sich mit einer breiten Hand über den Oberschenkel, bevor er sie abrupt sinken ließ. Als er fortfuhr, klang seine Stimme rau. „Du sagst mir, dass du mich nie verlassen wirst und unsere Ewigkeit heute beginnt. Und ich glaube es jedes verdammte Mal."

Am liebsten wäre sie auf die Knie gesunken und hätte ihn umarmt wie ein schluchzendes Kind auf dem Spielplatz, doch ihre Gelenke schienen erstarrt zu sein.

„Cody, ich bin's."

„Klar." Er klang verbittert. Seine Augen blieben fest geschlossen.

Was könnte sie noch sagen? Was würde er glauben? Sie ließ den Blick über den bei Sonnenuntergang so ruhigen Spielplatz wandern. Normalerweise hörte man von dort ein Dutzend aufgeregter Stimmen. Becky mit ihrem herzhaften Lachen. Timmy mit seinen Scherzen, der immer von einem Ohr zum anderen grinste, wie es wohl auch Cody als Kind getan haben musste.

„He, Cody, willst du einen guten Witz hören?", fragte sie spontan.

Cody ließ ein freudloses leises Lachen vernehmen, das besagte, dass er seiner Fantasie den Gefallen tun wollte. „Sicher."

„Wer lebt im Dschungel und schummelt immer?"

Er erwiderte nichts, verstärkte nur den Druck der Finger um die Flasche.

Schnell fügte Heather die Pointe hinzu. „Mogli."

Cody zeigte keine Regung.

Heather schnaubte übertrieben. „Muss ich dir jetzt die ganze Nacht lang Zweitklässlerwitze erzählen? Ich bin's, Cody. Ich bin es wirklich. Cody, ich will dich. Bitte."

Seine Lippen wurden schmal. Also erinnerte er sich an den Satz. „Du willst mich wofür?"

Sein Flüstern glich jenem aus ihrer ersten gemeinsamen Nacht, und die Worte jagten eine Hitzewelle durch ihren Körper.

„Ich will, dass du mich auch liebst", sagte sie mit so viel Überzeugung, dass er ihr endlich glauben würde.

Obwohl sein Körper nicht zuckte, sah sie, wie sich jeder Muskel anspannte. Dann riss er so jäh die Augen auf, als wäre ein Licht eingeschaltet worden.

Also wiederholte Heather es hastig. „Ich will, dass du mich auch liebst. Mich zurücknimmst. Mich sagen lässt, wie leid es mir tut, und mich bitten lässt, es noch einmal zu versuchen. Ich will dir zuhören, lernen und herausfinden..."

Mit einer schier unmöglich schnellen Bewegung sprang er auf und zog sie in eine Umarmung ohne Anfang und ohne Ende. Die Luft blieb ihr weg, doch das spielte in dem Moment keine Rolle. Die beiden umarmten sich und küssten sich und weinten so hemmungslos, dass Heather nicht zu sagen vermochte, ob die Tränen von ihm oder von ihr stammten.

Als es ihr endlich gelang, sich zusammenzureißen – zumindest ausreichend, um mehr als ein atemloses Gemurmel zustande zu bringen –, nahm Cody ihr Gesicht in die Hände. Seine Augen glänzten feucht. „Ich dachte, du wärst weg."

Sie zog ihn zurück in eine Umarmung. „Ich schwöre dir, dass du das nie wieder denken musst."

Sie umarmten sich eine weitere Minute lang, bevor ihre Körper miteinander zu verschmelzen schienen.

„Weißt du, zu der Musik kann man tanzen", flüsterte Heather. Es handelte sich zwar um eine Oper von Verdi, aber mit Cody war alles möglich.

„Ach ja?" Er ließ einen Arm nach unten gleiten, den anderen nach oben, ohne dabei den Griff um sie zu lockern, der besagte: *Ich lasse dich nie wieder gehen.*

„Ja." Sie trocknete ihre Tränen an seinem Ärmel. „Lass es mich dir zeigen."

Heather wiegte sich erst nach rechts, dann nach links zu den ersten Schritten eines Tanzes, den sie nie beenden wollte.

„Ich muss dich warnen..." Cody Lippen kitzelten ihr Ohr. „Ich habe zwei linke Füße."

Sie schüttelte den Kopf, denn jeder seiner Schritte erwies sich als goldrichtig. Seine Hüften schmiegten sich an ihre, seine Hände hielten sie fest, während sie vor sich seine breiten, starken Schultern hatte. Und die einzige innere Stimme, die sie hörte, teilte ihr mit, dass alles perfekt war.

„Der linke Fuß ist meiner, der rechte Fuß deiner." Ihre Stimme mochte heiser klingen, doch ihr Herz stieg empor wie ein Drachen. „Wir sind füreinander geschaffen, du und ich."

Cody übernahm die Führung und drehte sie langsam im Kreis. Heather brauchte nur ihre Wange an seine zu schmiegen und sich den Moment ins Gedächtnis zu brennen. Einen Moment, von dem sie eines Tages ihren Enkelkindern erzählen würde.

„Das Lied hat mir schon immer gefallen", murmelte Cody, nachdem die sehnsüchtige Melodie ihren Höhepunkt erreicht hatte und abklang. „Worum geht es darin?"

„In dem Lied? Um einen besonderen Ort."

Er zog eine Augenbraue hoch. „Einen Ort wie diesen?"

„Um ein Zuhause. Es ist ein Lied darüber, ein Zuhause zu finden."

Cody gab ein zufriedenes Brummen von sich, als hätte er es von Anfang an gewusst.

Kapitel 22

Acht Monate später...

In einem Klassenzimmer herrschte nie eine herrlichere Stille als in der Stunde, nachdem die Kinder zum Abschied gewunken hatten und in den Sommer davongerannt waren. Heather wischte die Tafel ab und beendete damit das Schuljahr. Vertraute Schritte ertönten hinter ihr, und zwei starke Arme schlangen sich um ihre Taille.

„Wie geht's meinem Mädchen?“, murmelte Cody und küsste sie auf die Wange.

„Gut.“ Sie dehnte das Wort über mehrere Silben, trotzdem drückte es noch nicht aus, *wie* gut.

Seine Hände streichelten ihren prallen Bauch. „Und wie geht's meinem anderen Mädchen?“ Seine Stimme wurde bei den Worten belegt, und auch Heather musste tief durchatmen.

Trotzdem rügte sie ihn. „Cody! Wir wissen nicht, ob es ein Mädchen wird.“

„Ein so wunderschöner Babybauch kann nur ein Mädchen sein.“

„Das ist sexistisch.“

„Na schön, wie wär's damit: Ein so intelligenter Babybauch kann nur ein Mädchen sein.“

„Besser.“ Heather kicherte, als seine Lippen ihren Hals bearbeiteten, nah der Stelle, an der er sie vor einigen Monaten gezeichnet hatte – eine Stelle, die sich immer noch auf herrlich erotische Weise empfindsam anfühlte.

Sie drehte sich in seinen Armen herum. „Wir sind beide bereit für die Sommerferien.“

„Bin ich auch.“ Er küsste sie erneut.

Angekündigt von einem Bellen rannte Maxi herein. Der schwarze Welpe mit den überdimensionierten Pfoten war ein würdiger Nachfolger des guten alten Buddy, des besten Hunds aller Zeiten.

„Schau." Cody hob ihn hoch. „Bin ich nicht ein guter Vater?" Er hielt sich Maxi dicht ans Gesicht und schnitt eine Grimasse, als er schlabbernd abgeleckt wurde.

Heathers Herz schwoll an. *Du wirst ein toller Vater sein.* Nach außen hin jedoch bewahrte sie die Fassung. „Na ja, Maxi muss nicht gewickelt werden."

„Weißt du eigentlich, wie oft ich schon den Boden aufwischen musste?"

Das musste sie ihm zugestehen. In den letzten sechs Monaten hatte er sich süßer als süß verhalten.

„Meine Liebe, ich werde zum Windelmeister werden", behauptete Cody.

„Solltest du besser auch, bis ich wieder arbeiten gehe."

„Drei Monate. Du hast nach der Geburt drei Monate frei. Und danach gehört das Baby ganz mir."

Der Mann war zu gut, um wahr zu sein. „Du hast nicht vor zu teilen?"

Er setzte den Welpen zurück auf den Boden. „Nur mit dir." Cody nahm ihr die Tasche ab und legte ihr den Arm um die Schultern.

Heather schaltete das Licht aus und warf einen letzten Blick in den Raum. Arizona hatte ihr eine Glückssträhne beschert, die sich so endlos zu erstrecken schien wie die hügelige Landschaft. Janice, die Lehrerin, für die sie ursprünglich eingesprungen war, hatte beschlossen, in Ohio zu bleiben. Somit behielt Heather die Stelle dauerhaft.

Und den Mann auch.

Unterwegs neigte Heather den Kopf gen Himmel und dankte stumm den unbekannten Göttern, die für all die guten Überraschungen in ihrem Leben gesorgt hatten. In letzter Zeit hatte es sich zum regelmäßigen Ritual entwickelt.

Sie spazierten, blieben im Schatten, ließen sich Zeit. Ein Kardinal trank aus einem Bewässerungsgraben. Über ihnen raschelten Blätter. Die leichte Brise schmeckte süß und nach offenen Weiten. Cody lehnte sich an Heather und lenkte sie nach links.

„Aber nach Hause geht es da lang.“ Sie zeigte nach rechts.

Er verzog die Lippen zu einem schelmischen Ausdruck. Der Mann führte mit Sicherheit irgendwas im Schilde. „Was hältst du davon, wenn wir den langen Weg nehmen?“

Sie gingen am Rand des Pfads, damit zwei entgegenkommende Pick-ups an ihnen vorbeifahren konnten. Den ersten Wagen fuhr Josie. Neben ihr saß Lance. Beide grinsten breit. Heather musste lächeln wie immer, wenn sie die zwei sah. Die Geschichten der Kinder über nächtliches Fährtensuchen und wilde Hetzjagden hatte sie nie geglaubt – und doch stimmten sie alle. Schon komisch – was sie einst als so abwegig betrachtet hatte, erschien ihr mittlerweile völlig normal.

Aus dem zweiten vorbeirumpelnden Pick-up winkte Lana vom Beifahrersitz. Tyler saß neben ihr am Steuer. Heathers stutzte. „Warte. Tyler hat nicht wirklich gerade gezwinkert, oder?“

„Ich hab dir ja gesagt, dass mein Bruder alle ein, zwei Jahrzehnte auch mal seine weiche Seite zeigt.“

Heather schnaubte. Ja, Tyler war ein toller Kerl, trotzdem fand sie ihn unheimlich einschüchternd. Wie zwei Brüder so unterschiedlich sein konnten... Plötzlich fragte sie sich, ob es bei ihren Kindern auch so sein würde. Dann lachte sie laut auf.

„Was ist?“

Sie schüttelte den Kopf. Es brachte nichts, zu weit in die Zukunft zu spekulieren. Die Gegenwart hatte mehr als genug zu bieten.

Maxi rannte voraus, wälzte sich im Dreck und grunzte dabei wie ein glückliches Schwein. Heather hätte sich auch gern gewälzt, allerdings vorzugsweise auf Cody. Sie schlenderten weiter und überließen der Wüste das Sprechen, bis sie schließlich um eine Ecke bogen und langsamer wurden.

Dort drüben stand das Haus, das sich Codys Vater für seinen Ruhestand bauen ließ – ein bescheidenes Gebäude mit einer großartigen Aussicht, die mit Weideland begann, an den Hügeln vorbeiführte und sich schier unendlich erstreckte. Seit Monaten packten alle mit an – vielleicht in der Hoffnung, den

Mann möglichst bald vom Thron zu scheuchen. Es stand auf einer kleinen Anhöhe im Osten der Gemeinde, wo die Sonne zuerst aufging. Genau an dem Plätzchen, das sich Heather für ihr Traumhaus ausgesucht hätte. Schade, dass Codys Vater es sich zuerst unter den Nagel gerissen hatte.

Nicht, dass sie sich beschweren wollte. Codys Bungalow hatte sein Flair einer Junggesellenbude rasch abgelegt und war zu einem gemütlichen Zuhause geworden. Bald würden sie mit dem Anbau beginnen. Sie hatten ihn aufgeschoben, während Cody Überstunden am Haus seines Vaters geleistet hatte. Er war immer spät und verschwitzt nach Hause gekommen, seltsam zufrieden für einen Mann, der für jemand anderen gearbeitet hatte.

„Es ist fertig." Cody deutete mit dem Kopf auf das Haus und umarmte Heather von hinten.

Sie unterdrückte ein Seufzen.

Er drückte sie fester. „Es gehört uns."

Ihr Herzschlag verlangsamte sich eine Spur.

Cody beugte sich zu ihr und flüsterte ihr ins Ohr. „Wir haben es nicht für meinen Vater gebaut. Wir haben es für uns gebaut."

Mit dem nächsten Atemzug schnappte sie nach Luft, ebenso mit dem übernächsten und dem danach. All die Stunden, die alle investiert hatten... „Für uns?"

„Überraschung."

Ihr Haus. Ihr gemeinsames Haus. Die U-förmige Ranch, von der Heather geträumt hatte. Cody hatte sich daran erinnert – von dem Tag, an dem sie in der Schule Geometrie durchgenommen hatte.

Die Haustür öffnete sich, und Kyle kam mit einem Werkzeugkasten in der Hand heraus. Heather hatte noch kaum Gelegenheit gehabt, ihm für seine Rolle beim Aufspüren der Vampire zu danken. Anscheinend würde sie auch diesmal keine Chance bekommen, denn sie konnte kaum atmen, geschweige denn sprechen.

Kyle warf Cody den Schlüssel zu und grinste. „Willkommen zu Hause."

Seine Stimme klang zwar fröhlich, seine Augen jedoch wirkten traurig. *Zu Hause* sprach er so aus wie ein Farbenblinder vielleicht *Regenbogen.* Dann verschwand er schnell – halb Abgang, halb Flucht.

Cody zog Heather näher zu sich, während sie ihm nachschauten. Mit einem leisen Seufzen zerzauste er ihr das Haar. „Das ist eine Geschichte für ein anderes Mal. Der Tag heute gehört nur uns."

Die Ewigkeit beginnt heute. Jedes Mal, wenn Heather die Worte durch den Kopf gingen, musste sie seufzen – was sie auch tat, als Cody sie hineinführte und angespannt ihre Reaktion beobachtete. Der Mann verursachte ihr eine Gänsehaut, wenn er das tat – sich so über ihr Glück freute.

Cody hätte damit prahlen können, wie hart er gearbeitet hatte und wie schwierig es gewesen war. Er hätte jedes Recht gehabt, auf all die Details hinzuweisen, die er im Schweiße seines Angesichts geschaffen hatte – den Zierstuck um die Fenster, den von Hand aus lokalem Stein gebauten Kamin. Aber das tat er nicht. Sie verflocht die Finger mit seinen, während er sie von Zimmer zu Zimmer führte. Der Mann hatte so viel, worauf er stolz sein konnte, und doch blieb er der gute alte Cody.

Na ja, in fast jeder Hinsicht. Den Scherzbold von früher hatte weitgehend der Mann in ihm ersetzt. Ein guter Mann, der wusste, wann es angebracht war, zu lachen, und wann man sich ins Zeug legen musste, wo Pflicht begann und wo sie endete. Einer, der letztlich auf eigenen Beinen stand.

Ihr Mann. Ihr Gefährte.

Nach jener schrecklichen Nacht mit den Vampiren hatte er ihr alles erzählt. Angefangen damit, dass sein Vater eine Gefährtin für ihn arrangieren wollte, um die Bündnisse des Rudels zu stärken. Der alte Alpha hatte eine verquere Art, wie er das Beste für sein Rudel erreichen wollte.

Aber irgendwie hatte sich dank Audrey noch alles zum Guten gewandt. Ja, dank Audrey, der örtlichen Femme fatale. Heather konnte diese Wendung immer noch nicht ganz fassen. Audrey war freiwillig zum Westend Rudel in Nevada gewechselt. Sie hatte sich bereit für einen Tapetenwechsel erklärt, weil sie den Mangel an geeigneten Männern auf der Twin Moon

Ranch beklagenswert fand. In ihrer neuen Heimat hatte sie keine Zeit verloren und sich mit Rorics ältestem Neffen gepaart. Damit waren beide Alphas besänftigt, auch wenn man das nicht von Sabrina behaupten konnte. Es hieß, sie angelte derzeit in Kalifornien nach einem reichen Gefährten. Solange sich die Frau dadurch von Arizona fernhielt, sollte es Heather recht sein.

Vor allem im Augenblick, denn Cody tat es wieder – er rieb das Mal des Bisses an ihrem Hals. Sie schnurrte unter seiner Berührung. So beängstigend sich der Paarungsbiss anhörte, er war wie von ihm beschrieben verlaufen, nur noch besser. In jener Nacht waren sie beide Feuer und Flamme gewesen, hatten sich geliebt wie nie zuvor. Der Biss verstärkte die Intensität und katapultierte sie beide zum Höhepunkt ihres Lebens. Als sie sich danach aneinander kuschelten, berührte er zart das Mal.

„Du hättest mich jederzeit beißen können“, flüsterte Heather. „Hast du aber nicht. Warum nicht?“

„Das wäre nicht richtig gewesen. Du musstest es auch wollen.“

„Ich glaube, ich habe es schon gewollt, bevor ich überhaupt davon wusste.“

Früher hatten die Wölfe und der Paarungsbiss sie dermaßen verschreckt, dass sie Cody deshalb verlassen wollte – dabei war die einzige echte Gefahr von ihrer eigenen Angst ausgegangen.

Und ihre erste Verwandlung in Wolfsgestalt? Die begann mit einem Ziehen, als würde sich ihr Gesicht unter einem mächtigen Gähnen dehnen. Das Gefühl setzte sich wie die Mutter aller Yoga-Bewegungen durch ihren gesamten Körper fort. Cody blieb dicht an ihrer Seite, streifte mit dem Fell das ihre, bis sie darauf bestand, die Koordination auf vier Pfoten allein auszuprobieren. Sobald sie sich zum Laufen hochgearbeitet hatte, rannten sie und rannten und rannten. Und schließlich versuchten sie sich an noch etwas Neuem – dem Paaren als Wölfe. Es erwies sich als nicht so anders wie sonst, abgesehen von der halben Stunde pelzigen Kuschelns danach.

Beendet hatten sie jene magische Nacht mit einer Ballade, bei der Heather zum ersten Mal ihre Wolfsstimme erklingen ließ. Bis dahin hatte sich Wolfsgeheul für sie immer kläglich angehört. Mittlerweile jedoch beherrschte sie die Sprache und verstand es. Ja, es schwang auch Traurigkeit darin mit, aber der Rest strotzte vor Verheißung, Liebe und vor allem Hoffnung.

Von den Hügeln um sie herum stimmten die Mitglieder ihres Rudels mit ein. Ihres Rudels. Endlich hatte sie dieses Gefühl von Zugehörigkeit, das ihr das bisherige Leben lang gefehlt hatte.

Genau wie das Haus. Cody beugte sich zu ihr und wischte die Tränen weg, die überquollen, als sie über die Schwelle ins Wohnzimmer traten, eine beruhigende Welt aus Beige- und Cremetönen. Ihre eingerollte Yoga-Matte lehnte bereits in einer Ecke, und auf der Theke aus Granit lockte eine Schale mit Erdbeeren. Buddys Foto stand auf dem Kaminsims neben dem von Cathy und Heather. Um die Bilder herum blieb noch reichlich Platz für viele schöne Erinnerungen. Maxi rannte zwischen ihnen hindurch, schnüffelnd wie ein hyperaktiver Staubsauger.

„Ach ja, die Feier beginnt um sechs." Cody zog Heather in eine Umarmung.

„Welche Feier?"

„Unsere Einweihungsfeier. Tina hat darauf bestanden. Aber sie hat gesagt, wir sollen uns keine Sorgen machen. Sie hat alles organisiert, sogar das Aufräumen."

Heather schniefte, als ihr Herz anschwoll. Schwanger und zutiefst dankbar zu sein, ergab einen starken Gefühlscocktail.

Codys Hand wanderte zu ihrem Hintern. „Was hältst du von einer eigenen Einweihungsfeier?"

Sie drückte die Lippen auf seine und murmelte ein Ja. In ihr loderte bereits ein hungriges Feuer, das sich nach ihm verzehrte. „Die Party steigt gleich hier, Mister. Sofort."

Während sie sich innig küssten, tippte Cody ihr eine Erwiderung auf den Rücken. Eins, zwei, drei.

Sie tippte prompt zurück.

Ich... liebe... dich.

Sneak Peek: Verlockung der Wölfin

Kyle Williams ist ein einsamer Wolf, der versucht, sich in einer neuen Haut einzuleben. Aber als die braunäugige junge Frau aus seiner Vergangenheit auftaucht, blutig geschlagen von einem anderen Mann, verdrängt sein Beschützerinstinkt alles andere – sogar seine Verpflichtung gegenüber seinem Rudel.

Stefanie Alt ist eine Frau auf der Flucht, und das Schicksal ist ihr dicht auf den Fersen. Der Einzige, der ihr helfen kann, ist der Rabauke aus der Nachbarschaft, den sie einst gekannt hat. Aber auch nach einer heißen Nacht unter dem Wüstenmond ist sich Stefanie nicht sicher, ob sie ihm trauen kann – oder sich selbst.

Weitere Titel von Anna Lowe

Die Wölfe der Twin Moon Ranch

Verlockung des Jägers (Buch 1)

Verlockung des Wolfes (Buch 2)

Verlockung des Mondes (Buch 2½ – Vier Kurzgeschichten)

Verlockung des Alphas (Buch 3)

Verlockung der Wölfin (Buch 4)

Verlockung des Herzens (Buch 5)

Weihnachtsverlockung (Buch 6)

Verlockung der Rose (Buch 7)

Verlockung des Rebellen (Buch 8)

Verlockende Begierde (Buch 9)

Aloha Shifters - Juwelen des Herzens

Der Ruf des Drachen (Buch 1)

Der Ruf des Wolfes (Buch 2)

Der Ruf des Bären (Buch 3)

Der Ruf des Tigers (Buch 4)

Die Verlockung des Drachen (Buch 5)

Der Ruf des Fuchses (Buch 6)

Aloha Shifters - Perlen des Verlangens

Drachenrebell (Buch 1)

Bärenrebell (Buch 2)

Löwenrebell (Buch 3)

Wolfsrebell (Buch 4)

Rebellenherz (Buch 5)

Alpharebell (Buch 6)

Töchter des Feuers - Billionaires & Bodyguards

Töchter des Feuers: Paris (Buch 1)

Töchter des Feuers: London (Buch 2)

Töchter des Feuers: Rom (Buch 3)

Töchter des Feuers: Portugal (Buch 4)

Töchter des Feuers: Irland (Buch 5)

Töchter des Feuers: Schottland (Buch 6)

Töchter des Feuers: Venedig (Buch 7)

Töchter des Feuers: Griechenland (Buch 8)

Töchter des Feuers: Schweiz (Buch 9)

Blue Moon Saloon

Perfection (die Vorgeschichte in Kurzform)

Damnation (Buch 1)

Temptation (Buch 2)

Redemption (Buch 3)

Salvation (Buch 4)

Deception (Buch 5)

Celebration (ein Festtagsschmaus)

Shifters in Vegas

Paranormal romance with a zany twist. Im englischen Original bei Amazon erhältlich.

Gambling on Trouble

Gambling on Her Dragon

Gambling on Her Bear

Serendipity Adventure Romance

Im englischen Original bei Amazon erhältlich.

Off the Charts

Uncharted

Entangled

Windswept

Adrift

Travel Romance

Im englischen Original bei Amazon erhältlich.

Veiled Fantasies

Island Fantasies

www.annalowe.de

Über Anna Lowe

USA Today und Amazon Bestseller Autorin Anna Lowe schreibt fesselnde Romane mit tatkräftigen Heldinnen und unwiderstehlichen Helden in exotischen Umgebung, mit jeder Menge Zündstoff für scharfe Romantik.

Sie liebt Hunde, Sport und Reisen, die auch die Inspiration für Ihre Bücher liefern. Wenn Anna nicht gerade in die Arbeit an ihrem nächsten Buch vertieft ist, kannst Du Sie am Wochenende beim Wandern in den Bergen antreffen. Egal wo und wie – sie wird den Tag mit einem leckeren Stück Zartbitterschokolade ausklingen lassen.

Einfach mal vorbeischauen, auf **www.annalowe.de**.